官商鬥法

第二輯

之6

空手套白狼

目錄 CONTENTS

第一章 ◆ 商人逼宮……5
第二章 ◆ 後院起火……25
第三章 ◆ 空手套白狼……51
第四章 ◆ 鼎福俱樂部……77
第五章 ◆ 生存法則……101
第六章 ◆ 掛羊頭賣狗肉……127
第七章 ◆ 天倫之樂……151
第八章 ◆ 兩敗俱傷……175
第九章 ◆ 貓戲老鼠……201
第十章 ◆ 巔峰狀態……227

第一章

商人逼宮

張琳聽出孟副省長話裏有很強烈的威脅意味，
懷疑可能是束濤和孟森跟孟副省長說了什麼，也許是因為他遲遲不去找陳鵬，
讓兩人感到不滿，所以孟副省長才打電話來興師問罪。
哼，什麼時候輪到這兩個商人來逼宮了。

兩天後，姜非真的採取行動了。

不過，出於對海川警力的不信任，他並沒有使用海川的警力，而是通過商副廳長，以省廳督查小組的名義，調用了跟海川相鄰的楊海市的警力，對海川市大小的歌舞廳、卡拉OK、夜總會等八大娛樂場所，來了一次突擊式的大清查。

由於事先情報資料準備的充分，以及保密工作做得到位，這次清查行動收穫頗豐，抓獲了嫖娼、陪侍人員和吸毒者上百人，還繳獲了一批毒品。

孟森旗下的幾家夜總會、舞廳算是重災區，警方將興孟集團夜總會和舞廳的管理人員帶到了警局，拘押調查。

一些平日行爲不檢的官員也在這次清查行動中被抓，其中級別最高的是海川市一個下屬縣的縣委書記，他來海川辦事，時間晚了沒回縣裏，就在興孟集團旗下的夜總會裏找了個小姐，正玩妖精打架呢，就被警方抓了個正著。

聽著省廳督察小組姚組長和姜非對這次清查行動做的報告，張琳臉色一直陰沉著，這次的突擊清查，他這個市委書記事先一點風聲都沒聽到。這在麥局長在的時期，根本是不可能發生的。麥局長一定會想辦法通知他，讓他先做一些準備。

但現在，這個姜非根本就沒向他透露絲毫的消息，現在海川十幾名官員被抓，還抓到了一個縣委書記，等於是打了他一個響亮的耳光，說明他在幹部管理上有很大的問題。

張琳十分懷疑姜非是跟某些人串通了的，而這個某些人就是金達和孫守義，所以這次的清查活動就是衝著他來的。這倆傢伙還真是動作不斷啊，他們究竟想幹什麼，非要把自己整下臺才滿意嗎？

張琳力作鎮定地聽完彙報，先是老套地稱讚了省廳這一次的行動及時到位，爲海川剪除了惡瘤，也讓他看到了海川還存在的一些問題，又對姚組長說：

「姚組長，在這裏，我代表海川市向省廳做個表態，對今晚抓獲參與嫖娼的幹部一律開除黨籍，撤職查辦。海川市公安局這次也有幹警涉入嫖娼，說明公安局治警不力，對相關責任人，海川市委也會給予嚴肅處理的。」

張琳拋出了治警不力的帽子，雖然沒有點名，但一聽就是針對公安局局長姜非來的。

姚組長五十多歲，在機關工作多年，自然不會聽不出張琳的弦外之音，便解釋說：

「張書記，這次省廳採取突擊清查是事出有因的，姜非局長來海川後，發現公安局因爲前任局長管理不善，存在不少的問題，甚至有些幹警跟一些不法人士勾結，搞得海川市吸毒和嫖娼氾濫成災。姜局長眼見情況嚴重，就和唐政委一起把問題反映給省廳的領導。省廳領導對此十分的重視，就指示我們執行這次的突擊活動。同時爲了保密，要求姜局長不要透露任何風聲。這次行動的成效非凡，姜局長功不可沒啊。只是沒有事先跟您通報一聲，可能讓您感到不受尊重了，我們廳長特別讓我代表他跟您說聲抱歉。還希望您不要介意。」

姚組長委婉地幫姜非作解釋，讓張琳在心裏暗自罵娘，表面上卻和顏地說：「原來是這樣子的啊，姚組長你不解釋，我還對姜局長有所誤會呢，原來他是肚子裏別有乾坤啊。能有這樣一個能幹的公安局長，真是海川市民的幸運啊。」

張琳邊說還邊別有意味的瞅了姜非一眼。

姜非早知張琳對他一定十分不滿，反正他也不是第一次遇到領導對他不滿意了，對此早就見怪不怪，便笑笑說：「張書記太誇獎我了，如果沒您的支持，我在海川的工作也不會開展得這麼順利的。」

張琳心裏罵道：你是順利了，卻把我搞得人仰馬翻，還在我面前說風涼話，真是混蛋。嘴上卻說：「我也沒做什麼，姜局長能把開局第一炮搞得這麼好，不愧是是省廳培養出來的幹才，確實很有能力。」

兩人就這麼虛情假意地互相吹捧著。

雖然這次清查行動成果豐碩，但是孟森早就在夜總會、舞廳這些娛樂場所跟興孟集團之間設立了防火牆，那些被抓的人承認夜總會和舞廳是他們承包經營的，但與興孟集團完全無關，也就是說，即使抓到了嫖娼和吸毒行爲，警方也只能追查經營者，無法追到孟森身上。

警方明知這些人是孟森安排出來頂罪的人頭，也拿不出這些承包經營合同是假的證據，只能處罰經營者。孫守義也不得不承認是自己操之過急，才讓孟森逃過了一劫。

雖然警方拿孟森本人沒什麼辦法，但是孟森的日子也沒有因此就好過多少，警方查封了夜總會和舞廳，勒令停業整頓六個月，這是對娛樂場所最高的處罰。

孟森接到公文後，衝到了束濤那裏，把公文扔在束濤的辦公桌上，嚷道：

「看到了嗎，人家這是要逼死我啊，這下子我們集團最賺錢的業務都被卡死了，這樣下去，不用等別人來對付我，我自己就關門大吉了。我不管，這件事你一定要讓張琳出面幫我解決了。」

束濤冷冷地瞅了眼孟森，說：「你嚷什麼啊，天不是還沒塌下來嗎？你又不是不知道，這件事是省廳督查下來的，就是找張琳，他也沒辦法幫你。我不是警告過你很多次了嗎？你已經被人家盯上了，要規矩一點，不要做出格的事，你怎麼就不聽我的呢？」

孟森氣呼呼地發著牢騷道：「聽你的，聽你的我喝西北風啊！你以為我像你們城邑集團那麼有實力嗎，現在舊城改造項目拿不到手，不去搞這些，我吃什麼啊？話說的倒輕鬆。你說這張書記怎麼也算是個市委書記吧，怎麼就這麼慫包，被金達和孫守義耍得團團轉，連我們這些跟他混飯吃的人都保護不了，他還有什麼用啊？」

束濤心中也在生張琳的氣，上次他跟張琳談了要整走金達，話已經說得很透了，張琳卻一再推拖，之後就沒有下文了，現在看來，這個張琳還真是慫包一個。

束濤也只能好言勸說：「孟董啊，別發這些沒用的牢騷了，你現在就是把張書記罵死，也改變不了我們的境況，還是省省算了。」

孟森罵道：「媽的，這都是那個孫守義搞出來的，乾脆老子找個人弄死他算了。」

束濤急說：「你找死啊？你已經是黑名單上的人，一舉一動恐怕早就被公安盯上了，稍有風吹草動，大概你自已就先進去了。」

孟森想想也是，還不知道姜非在背後安排了多少人盯著他呢，現在敵暗我明，有什麼妄動的話，還真是很難預料結果會如何，十分無奈地說：「媽的，真是要被這倆王八蛋整死了。」

一時之間，兩人都沉默了。

困獸猶鬥，過了一會兒，孟森看了看束濤，說：「束董，上次不是說要想辦法把金達給整走的嗎？你找張琳最後商量了個什麼結果出來啊？」

束濤嘆了口氣，說：「這件事說起來喪氣，我跟張書記談過了，也給他分析了其中的利害關係，但是他下不了決心，說要考慮考慮，這一考慮就沒了下文啊。」

孟森罵了句娘，說：「這算什麼啊？什麼都要我們幫他衝在前面，現在需要用到他了，他倒縮了。不行，我要去找他。」

東濤驚訝地說：「你找他幹嘛？」

孟森說：「起碼要他幫我們想想辦法啊，不然的話，你讓我在這等死啊？」

東濤勸說：「別做那些無用功了，他哪有什麼辦法能幫你啊？」

孟森叫說：「那就坐著等死啊？」

東濤想了一下，說：「要不，你讓孟副省長給張書記施加點壓力？」

孟森說：「讓孟副省長出面不是不可以，只是我要怎麼跟孟副省長講啊？」

東濤笑笑說：「簡單啊，就講你目前遇到的困境，孟副省長是仕途老手了，他應該知道要怎麼跟張書記說的。」

孟森同意了，說：「好，那我馬上去趟省裏，這鳥氣我一天都受不了了。」

孟森就跑到省裏跟孟副省長大吐了一番苦水，尤其是表達了對張琳的強烈不滿。

孟副省長聽完，笑笑說：「這些事情我都有耳聞，最近你們海川市真是熱鬧啊，流標、掃黃，動靜都不小。」

孟森氣呼呼地說：「這還不是金達和孫守義在興風作浪，有這倆傢伙在海川，海川就沒個安穩的時候。」

孟副省長說：「你的夜總會被查是怎麼回事啊？你沒被查到什麼問題吧？」

孟副省長問這個倒不是關心孟森，而是因爲孟森曾經提供他玩過幾次女人，他擔心他會有什麼牽連，因而問道。

孟森得意地說：「我沒事，夜總會我都是包出去經營的，有問題是經營者的問題，找不到我身上。」

孟副省長鬆了口氣說：「你沒事就好，這個張書記是有點弱，省裏對他已經有些議論了，覺得他不適合再當這個市委書記，想要把他拿開。」

孟森愣了一下，說：「該不會是想要把張書記搬開，讓金達轉正吧？」

孟副省長說：「我看省委是有這個意思，昨天在討論省科技廳廳長繼任人選的時候，組織部白部長提出讓張琳上來接這個位置。金達現在因爲海洋科技園風頭正勁，如果此時張琳離開市委書記的位置，一般來說，金達接任的機率很高。」

孟森心想，如果真是這樣的話，那他和束濤的噩夢就來了，便說：「這可不行啊，金達做市長我們都已經快沒活路了，如果他做了市委書記，我們豈不是更慘？」

孟副省長笑說：「你也不用這麼急，我看白部長提出這個是有些報復的意思，就提出反對意見，說張琳做市委書記並無什麼過錯，讓他來省裏做一個閒散的科技廳廳長，對他是不太公平的，也不符合組織用人原則。其他省領導看我說的有道理，就沒支持白部長。省裏最後選了其他的同志。」

孟森鬆了口氣，說：「這樣子我就放心了，可笑的是，張琳在海川還在怕這怕那，生怕惹怒了省裏，動了他的市委書記寶座，哪知道人家根本早就想要動他了。」

孟副省長說：「對啊，我看郭奎也有默許白部長提議的意思，估計也想讓張琳爲了他心愛的子弟兵金達讓路的想法。這次要不是我開口阻止，恐怕張琳真的有可能來做這個科技廳長呢。」

孟森便說：「回頭您是不是打個電話提醒一下張書記，把這個情況告訴他，讓他拿出點魄力來，不要以爲認慫人家就會放過他。」

孟副省長點點頭說：「行啊，我也正想打個電話給他呢。」

張琳接到了孟副省長打來的電話，寒暄幾句之後，孟副省長便直入主題說：「張書記啊，省裏對你最近的表現很不滿意啊。不但項目流標，省公安廳掃黃還抓了一個你們的縣委書記，白部長認爲你的領導能力不足，打算把你調回省裏，接替空出來的科技廳廳長職務呢。」

張琳一聽白部長建議他接替科技廳廳長職務，就有點急了，趕忙說：「孟副省長，白部長這麼做，根本就是公報私仇，他想讓我把舊城改造項目給中天集團，被我拒絕了，才會想出這樣的損招來對付我的。」

孟副省長不禁說道：「張書記啊，你也不能說白部長是報復你，你最近辦的事情確實令人感到你的能力存在問題。舊城改造項目是你從市政府那邊拿過去的，花費了幾個月的時間和心血，最後怎麼會搞出個流標的結果呢？太失敗了，不說別人，就是我這個跟你很熟的朋友都覺得詫異。」

張琳辯解道：「不是我想那樣子的，是因爲金達和孫守義干擾了常委會，才會導致流標的結果的。」

孟副省長笑了，說：「張書記，你先別緊張，我今天是以朋友的身分給你打這個電話的，只是想提醒你一下，並沒有要責怪你的意思。不過，你剛才這句話在我面前說說也就算了，千萬別在別的領導面前這麼說。你要知道，你是海川市的市委書記，是領導全面工作的一把手。這代表你是那個排除干擾、做決定的人，如果有點干擾就退縮，那你這個一把手還是不要幹好了。」

孟副省長話雖然說的很溫和，卻帶著強力的批評意味，讓張琳無法反駁。

孟副省長接著說道：「張書記啊，白部長的建議我開口幫你否決了，不過，我希望你今後做事果決一點，拿出點魄力來，要知道沒有領導會喜歡那種瞻前顧後，患得患失，只想左右逢源的人。要怎麼做，你自己想想吧。如果你還是不改變的話，這次我能幫你，下一次可就難說了。」

張琳聽出孟副省長話裏有很強烈的威脅意味，懷疑可能是束濤和孟森跟孟副省長說了什麼，也許是因爲他遲遲不去找陳鵬問金達的事，讓兩人感到不滿了，所以孟副省長才打電話來興師問罪。

哼，什麼時候輪到這兩個商人來逼宮了，張琳心裏很不滿，甚至懷疑白部長推薦他接任科技廳廳長的事，根本就是孟副省長杜撰出來的。

張琳嘴上仍恭敬地說：「我會按照孟副省長的話去做的，不會辜負您對我的期望。」

孟副省長笑笑說：「那就最好了。」說完就掛了電話。

張琳遲疑了一會兒，就查了號碼，打電話給陳鵬。

陳鵬很快接了電話，也許是因爲張琳很少直接打電話給他的緣故，他的聲音略顯激動，有點顫抖地問道：「張書記，您找我有事？」

張琳溫和的說：「陳區長，你到我辦公室來一趟吧，我想跟你瞭解一些事情。」

陳鵬趕忙說：「那我馬上就過去。」

在陳鵬從海平區趕到市委的這段時間，張琳便思索著要怎麼去問金達老婆的事。

他把陳鵬的簡歷在腦海裏過了一遍。從簡歷上看，這個陳鵬是從基層一步步幹起來的，並沒有什麼深厚的背景，所以在副區長的位置上待了近十年，後來是因爲海川市委覺得陳鵬的副區長實在是幹得夠久的了，這才把他提了起來。他在海平區做得並不算出色，如果沒什麼特別的事情發生，大概直接就在區長的位置上退休了。

這種幾乎沒什麼機會的官員，如果自己給他一點希望的話，相信馬上就會被收買過來的。張琳心中有了基本的談話思路。

不到一個多小時，陳鵬就從海平區趕到了張琳的辦公室。

張琳笑了笑說：「你來得很快啊，陳區長。」

陳鵬說：「我怕讓張書記等急了。張書記，您對我們海平區有什麼指示嗎？」

張琳說：「你別急，先坐下來。」

兩人就在沙發那裏落了座，張琳這才話家常似地問陳鵬：「陳區長這個海平區區長做了幾年啦？」

陳鵬愣了一下，市委書記突然問起他的區長做了幾年，這裏面的意味很複雜啊，既可能是一句閒話，也可能是在瞭解他的個人資歷。

陳鵬很希望是後一種可能，那樣的話，可能意味著市委書記看上了他，也許會得到提升的。陳鵬心中就充滿了熱望，笑笑說：「三年多，快四年了。」

張琳說：「這麼說該換屆了，怎麼樣，有沒有什麼想法啊？」

張琳這麼問，讓陳鵬的心砰砰直跳，市委書記問他對換屆有什麼想法，看來還真與他的仕途有關，也許老天爺真的開眼了，看到了他這麼多年的苦熬，總算讓他的官運開始亨通了。

小小的興奮了一下之後，陳鵬收拾起興奮的情緒，力求鎮定地說：「我能有什麼想法啊，本本分分的幹好自己的工作罷了。我這個人向來是服從組織上的安排，組織上讓我幹嘛，我就幹嘛。」

張琳點點頭說：「陳鵬同志，你這個態度是很正確的。作爲一名優秀的幹部，就是應該組織叫你幹嘛就幹嘛。你這幾年的表現一直很不錯，這些組織都看在眼裏，這次換屆會做適當的考慮的。」

張琳這麼說，有些封官許願的味道了，陳鵬興奮地搓了搓手，眉開眼笑的說：「那就謝謝張書記了。」

張琳笑了笑說：「謝我幹什麼，要謝也要謝組織，我們的一切都是組織給的，我希望你繼續好好表現，不要辜負了組織對你的期望。」

陳鵬用力地點點頭，說：「一定的，我一定會好好表現的。」

張琳說：「我相信你能做得很好的。好了，不談這些了，陳鵬同志，有件事我需要問你一下。」

陳鵬看了張琳一眼，面色開始凝重起來，心中的興奮度也開始慢慢降低。

他在官場中打滾了幾十年，對官場那些操作套路算是十分了解了。通常像這種封官許願之後，往往都會伴隨著一定的回報索取。

越是大的甜頭，對方所欲取得的回報越高，雖然他還不知道張琳想要什麼樣的回報，但是他已經意識到張琳所要的，絕非他輕易能給的。

陳鵬看著張琳，小心地問道：「張書記，您想要問什麼啊？」

張琳嚴肅地說：「這件事，我是代表組織上問你的，可能涉及到某些同志的隱私，所以希望在組織沒公開之前，你對我所問的問題要嚴格保密，你聽清楚了嗎？」

陳鵬的心開始打鼓了，暗自琢磨著，涉及到某些同志的隱私，還需要保密，難道是海平區的區委書記被人舉報，所以張琳要向自己詢問有關他的情況？沒聽說有這個風聲啊？

陳鵬只好硬著頭皮說：「張書記，我會保密的，您問就是了。」

張琳看了看陳鵬，說：「事情是這樣子的，有人向上面反映金達同志的一些問題，有一部分跟你們海平區有關，因而我想找你瞭解一下。」

如果剛才陳鵬還只是有點緊張，此刻，他的心情就只能用震驚來形容了，他做夢也想不到張琳竟是想問金達的事。

陳鵬馬上就想到張琳這是想要整金達了，他早就聽說張琳跟金達在常委會上發生衝突的事，他在這個時候要瞭解金達的情況，肯定是要蒐集整金達的黑資料。

陳鵬馬上權衡了利弊，雖然說張書記目前是一把手，但行事風格軟弱，這幾年鮮有政績，已經逐漸不爲省高層領導所喜。反觀金達，在海川政績卓著，升遷指日可待，聲勢只在張琳之上，這時候要選邊站的話，聰明人也會選擇金達而非張琳的。

陳鵬便乾笑了一下，看著張琳說：「張書記，我跟金達市長除了工作接觸之外，私下並無任何往來，可能要讓您失望了，您問的問題我應該不知道。」

陳鵬連他的問題都還沒問出來就說不知道，顯然是擔心攪進他跟金達的博弈中，張琳心裏冷笑了一聲，心說：陳鵬，我既然把話說出來了，豈能讓你這麼躲過去啊？便說：「那你認識金達的夫人，萬菊嗎？」

張琳提到萬菊，這給陳鵬的震驚不亞於提到金達，甚至比之更甚，因爲萬菊能跟海平區扯上聯繫的，只有雲龍公司的那塊旅遊度假區，難道張琳是想查雲龍公司？這可就大大不妙了。

陳鵬在心裏暗罵，張琳真是下作，查金達就查金達吧，牽涉人家老婆幹什麼啊，真是沒品。看樣子他是想把雲龍公司牽扯進來，這可是有點城門失火，殃及池魚了。

陳鵬猜不透張琳究竟知道多少雲龍公司的事，只好順著往下說道：「金市長的夫人我是見過，不知道張書記問這個幹什麼？」

張琳心想你這不是明知故問嗎，便笑笑說：「陳鵬同志，你不要回避問題了，萬菊來海川幾次，都是由你出面作陪的，你應該知道我想問什麼的。」

陳鵬知道無法逃避了，就強笑了一下說：「金夫人來海川，是來指導雲龍公司在白灘的旅遊度假區的。我也是因為工作才出面作陪，其他的我真的不清楚。」

陳鵬答得滴水不漏，合理的解釋了萬菊跟雲龍公司的關係，這讓張琳不由起了一片疑雲，陳鵬為什麼會幫萬菊解釋，難道陳鵬在這裏面也有問題？

他看了看陳鵬，見陳鵬的眼神躲躲閃閃，一副故作鎮定的樣子，對陳鵬的懷疑越發加深了。

張琳沒有馬上拆穿，反而笑笑說：「陳鵬同志，恐怕問題沒那麼簡單吧？你不會對萬菊市長夫人的身分視而不見吧？難道你出面作陪，就沒這個因素嗎？」

如果僅僅因為萬菊是市長夫人，張琳才注意到雲龍公司，那就不是什麼大問題了，陳鵬暗自鬆了口氣，說：

「張書記，當時省旅遊局來海平區的並不只金夫人一個人，旅遊局的毛副局長也來了。省裏的領導下來，我作為區長，當然必須要出面接待啊。至於你說萬菊市長夫人的身分，這我當然不會視而不見的，不過，這沒什麼問題吧？」

張琳說：「那萬菊給雲龍公司做顧問，是怎麼回事啊？」

陳鵬早預料到張琳會問這個問題，他看了看張琳，說：

「張書記，原來您是對這個有誤會啊，這件事情說來，是萬菊幫雲龍公司做的一件好事，她在旅遊方面是個行家，給雲龍公司提供了不少建議，雲龍公司這才要萬菊做他們的顧問，萬菊一開始還拒絕了，後來是磨不過才答應的，而且也沒有收任何酬勞，純粹是榮譽性的職務，沒有任何金錢方面的利益。雲龍公司頂多是給她一點海川的土產，不值幾個錢的。」

又是一個滴水不漏，幾乎完美的解釋，讓張琳幾乎無法繼續追問什麼。事情好像又回到了原點。張琳有點被悶住了，他從陳鵬這裏得到的情報，絲毫沒什麼用處。

張琳看了看陳鵬，正巧陳鵬也在看他，他能從陳鵬的眼神中看出幾分譏諷的意味，也許他心裏正在嘲笑他的愚蠢呢。

張琳十分惱怒，很想馬上沉下臉訓斥陳鵬幾句，但是正要張嘴的時候，忽然想到了一個問題，他的心情在這一瞬間豁然開朗。

他對陳鵬的態度馬上就變了，笑了笑說：「陳鵬同志，謝謝你如實的向組織作彙報，看來金達同志和他的夫人並沒有什麼問題，很好。你先回去吧，記住啊，今天在這裏發生的一切都需要保密，我怕傳出去會影響我跟金達同志的關係，知道嗎？」

陳鵬被張琳的轉變搞得有點一時轉不過彎來，但是既然張琳說了放他走，他也就沒必要再留下來，便說：

「您請放心，我一定會保守這個秘密的。您如果沒事，那我就先回去了。」

張琳點點頭說：「你回去吧，要好好工作。」

陳鵬就立馬離開了張琳的辦公室。

他快走起來，急著想趕快告訴錢總這件事。結果光顧著往前走，也沒抬頭看路，迎面跟一個男人撞到了一起。

男人笑了，說：「這麼急幹嘛啊，陳區長？」

陳鵬抬頭看了看，原來撞到的人是副市長孫守義，就趕忙抱歉的說：「對不起啊，孫副市長，我沒看到你。」

孫守義笑說：「你看到我就不會撞到我啦，好了，別說抱歉的話，我看你剛從張書記辦公室裏出來，什麼事讓你這麼慌張啊？」

陳鵬看了孫守義一眼，有點尷尬的說：「張書記有些事情要問我，就把我叫來了。」

孫守義很懷疑張琳在這個時間點，越級找並沒有什麼直接隸屬關係的陳鵬究竟是想幹什麼，這需要弄明白，他可不想又被張琳在背後設計了，就說：「哦，是這樣啊。誒，有沒有時間去我辦公室坐一下，正好我也有點事情想問你。」

陳鵬心想，拒絕的話，孫守義估計就會把他列入到張琳的陣營裏去了。自己剛剛等於是拒絕了張琳，現在再拒絕孫守義，那兩幫人都會把他當做敵人的，他可不想陷入腹背受敵的境地。便笑笑說：「孫副市長找我，沒時間我也得擠出時間來啊。」

兩人就去了孫守義的辦公室。

坐定後，孫守義直接就問道：「張書記究竟問你什麼啊？是不是跟海平區政府的工作有關啊？」

陳鵬思索著要怎麼回答孫守義，想了想說：「本來張書記是要我保密的，但是孫副市長您既然問起，我就不好不說了。其實我覺得這件事沒什麼。恐怕張書記是怕金達市長誤會，才讓我保密的。」

孫守義好奇地說：「你放心，我有分寸的，究竟是怎麼一回事啊？」

陳鵬說：「張書記問的事與政府工作無關，而是跟海平區一家企業有關，這家企業是做旅遊度假區的，因爲跟金市長的夫人業務上有些關聯，市長的夫人就被聘請替那家企業掛名做顧問。」

孫守義的記憶之門一下子被打開了，萬菊做顧問這件事情他知道，那次林珊珊跑來海川，跟著傅華去過這家企業的所在地白灘，白灘的老村長在林珊珊面前說過這件事，當時自己腦子裏就留下了一道劃痕，覺得金達讓老婆來做一家企業的顧問很不合適。

現在張琳又盯上了這件事，張琳很可能是想拿這個來做文章，借此打擊金達。現在金達和自己是同一陣營，打擊金達也就是打擊自己，看來有必要瞭解清楚這家企業的情況，看看萬菊究竟涉入有多深。

孫守義便問陳鵬說：「你知道這家企業的名字嗎？」

陳鵬回說：「叫雲龍公司，是前任副市長穆廣介紹到海平區的。」

第二章

後院起火

他回想起前段時間萬菊的一些不正常的舉止，看來這個朋友很可能就是雲龍公司的錢總了。
金達在心中嘆了口氣，自從來海川後，自己忙於海川的工作，疏於管理家庭，
沒想到最後竟然會鬧到後院起火。

孫守義心裏一驚，好久沒聽到穆廣的名字了，沒想到這家企業竟然跟穆廣有關係，他本能的覺得這家企業是有問題的。

孫守義又問：「這家企業是做什麼的？老闆是誰啊？」

陳鵬看孫守義問得這麼詳細，心裏有點慌，他知道雲龍公司很多方面並不合法規，便斟酌著字眼說：「這家企業在白灘那邊買了塊地，開發了一個旅遊度假區，還在度假區周邊建設了低密度的住宅。老總姓錢，不是海川本地人。」

雖然陳鵬說的很含蓄，但是孫守義還是馬上就聽出了問題所在，旅遊度假區、低密度住宅，這兩者實際上是國家現行禁止開發的高爾夫球場和別墅的隱晦說法，看來這雲龍公司是在鑽政策空子。金達讓自己老婆攪進這樣的事情當中，實在是不明智。

孫守義看了看陳鵬，說：「這家公司搞這些項目，手續都完備嗎？」

孫守義又問到了一個重點，雲龍公司現在搞的這些項目都是很難批到土地的，有些手續目前還在辦理當中，陳鵬也不好說就是完備了。他便說：

「這家企業開發的項目是省重點招商項目，有些手續已經辦了，有些還在辦理當中。」

陳鵬抬出省重點招商項目這個大名目，藉以掩飾雲龍公司存在手續不完備的情況，孫守義不是沒聽出其中的漏洞，但是現在問題的關鍵是張琳究竟問了些什麼。

孫守義笑了笑說：「看來這家企業並沒有什麼大問題啊，張書記到底問了你些什麼啊？他為什麼對這家企業這麼感興趣呢？」

陳鵬就把張琳問話的過程講了，講完之後說：

「我猜測張書記是聽到有人反映金達市長的夫人在這家公司做顧問，誤會金達市長可能從這家企業謀取了什麼利益，所以才會問我這些的。其實市長夫人完全是出於好心才勉強答應做這個顧問的，根本就沒謀取任何的利益，最多是拿了一點海產，這算是一種人情往來嘛，我覺得一點問題都沒有的。」

陳鵬說的好像萬菊做這些都是順理成章的，但是孫守義卻敏感的察覺到了點什麼，但這僅僅是一種隱約的感覺，孫守義一下子無法找出這裏面不正常的地方究竟在哪裏。

孫守義便問：「張書記就問了這麼多嗎？他還問沒問別的？」

陳鵬搖搖頭說：「張書記就問了這麼多，就放我出來了。」

張琳這麼鄭重的把陳鵬從海平區找來，應該是經過充分醞釀才這麼做的，怎麼會只問這麼簡單的幾句話？孫守義越發感覺不對勁了，難道陳鵬沒有老實招供？不應該啊，這個陳鵬，他打過很多次交道，是個勤懇肯幹的人，還算老實，他的話應該是靠得住的。

陳鵬走後，孫守義開始思考要不要把張琳詢問陳鵬的事跟金達講。

講吧，孫守義擔心金達也許會覺得他好像在窺探他似的，這是會討人嫌的，特別是他不知道金達究竟有沒有借助老婆從雲龍公司謀取不當利益。如果沒有的話，什麼都好說，金達還會感激他；但是如果真有，那等於他發現了金達違法的事，金達甚至可能爲此翻臉的。

但是不講，這件事已經被張琳盯上了，金達受創的話，他們的實力將會削弱一大半。所以現在的關鍵是，金達究竟有沒有痛腳會被張琳抓到？

從陳鵬講述的感覺來看，萬菊似乎沒有什麼錯誤，那爲什麼他總有一種不安的感覺呢？問題的癥結是在哪裡？

孫守義覺得張琳一定是找到了什麼，不然也不會輕易就把陳鵬放走，他一定是在陳鵬身上找到了什麼有用的東西了，這東西究竟是什麼呢？

孫守義在辦公室裏轉來轉去，腦子不停思索著陳鵬跟他講的每個細節，轉了半個多小時後，他忽然一拍腦袋，狠罵了自己一句：哎呀！我怎麼這麼笨呢，這麼明顯的事都會忽略掉了。

孫守義終於想通問題出在哪裡了，問題應該出在陳鵬身上。

雖然陳鵬是海平區區長，對海平的情況很熟悉，但是無論他再怎麼熟悉，也不應該對雲龍公司的情況這麼了解。陳鵬講起萬菊跟雲龍公司之間的往來，就跟講自家的事情一

樣，能夠對雲龍公司熟悉到這種程度，說明了一點，陳鵬跟雲龍公司往來是十分密切的，這樣的話，雲龍公司如果真有什麼違規違法的事，陳鵬一定牽涉其中。爲了保護自己，陳鵬一定會對雲龍公司的違法事實加以隱瞞的。

難怪在聽陳鵬解釋萬菊跟雲龍公司關係的時候，總覺得有些不對勁。

孫守義抓起了電話，打給國土局，讓局長幫他查一下雲龍公司的用地審批情況，看有沒有什麼違規的地方。

局長遲疑了一下，說：「孫副市長，這塊地呢，不太好說。」

孫守義說：「什麼叫不太好說，你就如實說好了。」

局長有些尷尬地說：「這塊地是海平區批准的，不過採用了變通的辦法，是分好幾塊用地批准的。」

用地審批是有審批權限的，區級政府能批准的土地很有限，要想既達到用地的目的，又不超越權限的話，往往就會採用化整爲零的方式，把一個大的地塊分割成幾個項目，各自審批，再組合成一個大的項目。

這種操作手法，沒人追究的時候，是能夠糊弄過去的，但是真要嚴格追究起來，就是違規的行爲了。

孫守義便問：「他們這種做法合法嗎？」

局長爲難地說：「勉強可以說得過去，不過有規避國家法規的嫌疑。」

孫守義又問：「這件事你們調查過嗎？」

局長說：「這倒沒有，這是省重點招商項目，當初金市長的夫人還親自來給這家公司掛過省旅遊局推薦的牌子，我們不好隨便調查的。」

國土局局長先把領導這個大帽子抬到了前面。

不過孫守義問這句話，倒不是想知道國土局爲什麼不去查，而是奇怪爲什麼他問到這塊地，局長馬上就能說出詳情，似乎這塊地的資料就在他手邊似的。於是問道：

「我不是問你這個，我是想問，怎麼我一說你就馬上知道這塊地的情況啊？」

局長立即回說：「哦，這個啊，這是因爲剛剛張書記才問過。」

張琳果然也想到了這一點，孫守義便說：「張書記問了之後，對這塊地還有什麼指示嗎？」

局長說：「沒有，他說只是想問一下而已。孫副市長，您和張書記先後都來問這塊地的事，是不是這塊地出了什麼問題啊？」

孫守義趕忙說：「你別瞎猜，我跟張書記一樣，也只是想瞭解一下情況而已。」

雖然孫守義對國土局局長說的很輕鬆，但是他心中卻不是這麼想的，這塊地不但存在違規批地操作，還建了違規項目，再扯上金達的夫人萬菊，這三者加在一起，已經給了張琳足夠的彈藥，可以發起對金達的進攻了。

很難預料這件事會對金達造成多大的傷害，最壞的結果是金達受到法律追究，那樣金達的市長寶座就不保了。自己能不能有機會接任呢？

孫守義暗自搖了搖頭，金達如果被撤職的話，張琳一定不會樂於見到他接任市長的。無論如何，他只有交好金達才能獲得好處，因此必須把這件事馬上告知金達，讓金達預做準備，好應對張琳，便不再猶豫，抓起電話打給了金達。

此刻，金達還沒察覺到即將有一場風暴來臨，笑笑說：「我在外面開會呢，有什麼事電話說吧。」

孫守義語氣嚴肅地說：「這件事十分嚴重，我必須跟您當面談才行，您會議什麼時間結束？」

見孫守義說的這麼嚴重，讓金達也緊張了起來，說：「既然這樣子，我想辦法馬上趕回去，二十分鐘後，你去辦公室找我吧。」

過了二十分鐘，孫守義便去了金達的辦公室，金達已經趕了回來。他看到孫守義，趕忙問道：「老孫，什麼事這麼急啊？」

孫守義說：「金市長，有件事我需要跟你彙報一下，張書記把海平區區長陳鵬叫到了辦公室，向他詢問海平區一家叫雲龍公司的情況。」

金達不解地看了看孫守義，說：「老孫，你就是爲了這件事叫我回來的？這跟我有什麼關係啊？」

金達一副事不關己的樣子，讓孫守義心中的緊張消除了不少，看樣子金達並沒有介入太多雲龍公司的業務，這樣的話，他預想中的最壞結果就不會發生了。

孫守義接著說：「金市長，您真的不知道您夫人就是這家企業的顧問嗎？」

金達的臉色難看起來，正色說：「你是說我老婆是這家企業的顧問？不可能的，我明確的跟萬菊講過，不許她參與海川任何企業的事，她不會給海川的企業做顧問的。你搞錯了吧，老孫？」

孫守義看出金達是真的不知情，便苦笑了一下，說：「金市長，我也希望搞錯了，但這件事是百分之百確定的，陳鵬已經跟我證實了。您應該很清楚現在的商人是無孔不入，可能您夫人是被這傢伙騙了。」

金達馬上想起當初錢總想要跟他拉關係的情景，這傢伙不會是被自己拒絕了，便轉而在萬菊身上打主意吧？

金達有點坐不住了，他想要趕回去問個清楚，便對孫守義說：「老孫啊，政府這邊你盯著點，我馬上趕回去一趟。」

孫守義點點頭說：「你趕緊回去查清楚吧，我看張書記有拿這件事大做文章的意思，他已經向國土局問了土地的批地情況，不知道他下一步會做什麼，您還是做些準備的比較好。」

金達感激地看了孫守義一眼，說：「老孫啊，謝謝你了，有話回頭再說吧，我要趕緊走了。」

陳鵬離開孫守義的辦公室後，馬上就打了個電話給錢總，把張琳查問萬菊的事跟錢總如實說了出來。

陳鵬緊張地問道：「錢總啊，這個問題有點嚴重，我看張書記是想抓著這件事不放，我們會不會有什麼事啊？」

錢總很有把握地說：「陳區長，你把心放在肚子裏吧，絕對不會有事的，我們這個項目雖說是有違規的部分，但是已經經過若干政府部門的審核，張書記真要針對我們，首先就會得罪那些部門的。」

陳鵬擔心地說：「現在的關鍵不是針對我們，他是要針對金達，我怕兩虎相爭，他們本身倒沒什麼，我們卻要跟著遭殃了。」

錢總安撫說：「這件事沒你想的那麼嚴重，金達那邊不會有什麼麻煩的，我跟萬菊的來往很小心，何況我都還沒求萬菊幫我辦什麼事呢，也沒送萬菊太多的東西，所以金達應該不會有什麼麻煩的。只是張書記這一搞，我前面費盡苦心的佈局就全部完蛋了，我也不用想再跟金達建立什麼關係了。這個王八蛋，真是害人不淺啊。」

錢總忍不住抱怨了起來。

陳鵬說：「這樣啊？」

錢總安撫道：「你不要慌，我老錢不會害你的。你只管給我穩住，別的什麼都不用管了，知道嗎？」

陳鵬點點頭說：「你這麼說，我心裏就有數了，你也準備準備吧，估計很快就會有人去向你查問的。」

錢總說：「我知道了，記住！再有什麼消息跟我通報一聲，讓我事先有個安排。」

陳鵬說：「行，保持聯繫吧。」就掛了電話。

錢總心中猶豫了一下，想是否要打個電話給萬菊，想了想後，還是放棄了，這時候打電話給萬菊，不但不會有什麼正面的效果，反而會讓萬菊產生驚疑，算了吧，還是靜觀事態的發展吧。

在奔往齊州的路上，金達一直沉默不語，他回想起前段時間萬菊的一些不正常的舉止，包括用上了名牌香水、拿上了名牌包……她說這些都是朋友送的，現在看來，這個朋友很可能就是雲龍公司的錢總了。

自己怎麼這麼粗心呢？這麼明顯的事都沒留意到。

金達在心中嘆了口氣，自從來海川後，自己忙於海川的工作，疏於管理家庭，沒想到最後竟然會鬧到後院起火。

這時候，金達忽然想起當初傅華似乎一直想跟自己談這家雲龍公司的事，他那時是不是就是想提醒自己關於萬菊的事啊？

金達越想越覺得有這種可能，不是很重要的事，傅華是不會一再明示暗示的想跟自己說的。可惜的是，他並沒有理解傅華的意思，直接就堵了回去，讓傅華沒有機會說出來。

再深想一想，好像也是在那個時候，傅華才開始對自己冷淡下來的，是不是萬菊的行徑讓他誤會自己跟雲龍公司有什麼貓膩了？

想到這裏，金達的臉上有點發燒了，傅華一定是想以朋友的立場提醒自己，但是他卻以上級的姿態把他的意見給壓了下去。

金達十分慚愧，看來人的地位變了，想法也跟著變了，就拿出手機，撥了傅華的電話，想跟傅華聊聊。

傅華接了電話，公式化地說：「金市長，您有什麼指示？」

金達感覺到了兩人的生疏，他想開口說聲對不起，但是嘴張了半天，卻怎麼也說不出來，電話中就出現了短暫的停頓。

過了好一會兒，傅華見金達不說話，就問道：「金市長，您有什麼事要駐京辦辦的嗎？」

金達這才回過神來，說道：「傅華，我記得有一次你似乎是想跟我談雲龍公司的事，對吧？」

傅華不明白金達爲什麼會舊事重提，不過也無所謂了，他現在也不在乎這件事了，就說：「好像是吧，很久以前的事情了。」

金達問說：「你那時是想跟我說什麼啊？」

傅華不想再碰釘子，就淡淡地說：「我忘記了，真是很久以前的事啦。」

金達尷尬地說：「傅華，我們之間不需要這樣吧？你是不是想跟我談我老婆在雲龍公司做顧問的事啊？」

傅華心說：你這不是明知故問嗎？就笑笑說：「金市長，真是很久的事了，就沒必要再提了吧？」

金達見傅華沒否認，便知道真是這件事，他苦笑著說：「看來我們之間是發生誤會了，我一直以爲你是想跟我談雲龍公司項目違規的事呢，我根本就不知道我老婆在雲龍公司做顧問的事啊。」

傳華不置可否地說：「原來是這樣啊，好啦，現在您已經知道了，那還有什麼別的指示嗎？」

金達趕緊解釋說：「我是剛才才知道的，傳華，我老婆給雲龍公司做顧問是很不應該的，如果我早點知道就好了。你是怎麼知道這件事的？」

傳華說：「是白灘的老村長跟我說的。」

金達嘆說：「看來白灘的村民對我一定很有意見了。」

傳華乾笑了一下，沒有發表看法，金達明知自己做錯了，卻一句對不起都沒說，他感覺自己現在面對的，仍是一個市長，不是當初的好朋友，他一個下級自然不好置喙市長的做法，只能保持沈默。

金達說完這句話，也沒什麼話可以接下去了，傳華又不搭腔，兩人便出現了一個短暫的冷場。

金達見傳華這麼冷淡，本有心想要說些話轉圜一下兩人的關係，但他現在還有更大的一個難題等著他，實在是沒有心緒再去花心思跟傳華修復關係，便說了句：「那就先這樣吧。」

傳華便也說了句「再見」，就先掛了電話。

這邊的金達聽電話裏傳來嘟嘟的忙音，心頭一陣迷茫。

回到家裏，已經是晚飯時分，萬菊看到風塵僕僕趕回來的金達，不禁埋怨說：「你要回來也不跟我說一聲，晚上沒做你的飯呢。」

金達哪有心思去管吃飯的事啊，他看了萬菊一眼，說：「飯吃不吃都無所謂，你跟我來書房一趟。」

萬菊愣了一下，說：「什麼事啊，這麼嚴肅？」

金達沒有回答萬菊，自顧的走進了書房，萬菊疑惑著跟著進了書房。

金達把書房門關上，這才對萬菊說：「你跟我說實話，前前後後，你都拿了雲龍公司那個姓錢的什麼了？」

萬菊對金達突然問起這個，沒有一點心理準備，本能的否認道：「沒有啊，我拿人家東西幹什麼？」

金達十分的惱火，他看到萬菊躲閃的眼神，知道萬菊根本就是在對他撒謊，就吼道：「你看著我的眼睛，你跟我說，到底拿沒拿？」

萬菊被金達吼得渾身顫慄了一下，旋即鎮靜下來，便叫道：「你衝我吼什麼？我拿了又怎樣，錢總跟我是朋友，朋友間送點禮物不是很正常的啊？」

金達氣說：「你怎麼會這個樣子呢？我不是警告過你，不要跟海川的企業有什麼關聯嗎？你就缺那點東西嗎？」

萬菊也生氣地說：「我不是缺那點東西，我們是朋友，難道就因爲你是海川市市長，我就一個海川的朋友都不能交了？你也太霸道了吧？」

金達苦笑了一下，說：「你怎麼就是不明白呢？交朋友？！如果你不是市長夫人，人家認識你是誰啊？」

萬菊哼了聲說：「胡說八道，我跟錢總是因爲旅遊業務上有聯繫才認識的，關你什麼屁事啊？」

金達壓抑住怒氣，說：「好，我告訴你關我什麼屁事，這個錢總曾經在路上堵過我，要送我銀行卡，結果被我拒絕了，所以他才把主意打到了你的身上，你知道嗎？」

萬菊聽了，不禁遲疑了一下，開始對錢總跟她交往的意圖產生了懷疑，但是她還是不想承認金達是對的，便說：

「你拒絕是你的事，我又沒打你的旗號幫他辦什麼事情，你這麼緊張兮兮的幹什麼啊？我看你是做市長做神經了，好像什麼人都卯著勁要害你似的。」

金達搖頭說：「你這個女人啊，怎麼這點道理都不懂呢？你覺得你沒打我的旗號幫他辦事，但人家不這麼想，人家可是把你這個市長夫人的名頭掛在嘴邊來宣傳呢，就差沒給你在媒體上做廣告了。」

萬菊反駁說：「胡說，我怎麼從來沒聽說雲龍公司做過這些宣傳啊？」

金達沒好氣地說：「你這個人啊，真是不可理喻，人家能讓你知道嗎？你說，你是不是給雲龍公司做顧問了？」

萬菊說：「你說這個啊，是有這麼回事，不過那僅僅是我嘴頭上答應錢總的，也沒什麼正式文件，我也不收報酬，口頭上說說罷了，不至於這麼鄭重其事的吧？」

金達斥道：「你口頭上說說而已，但是姓錢的可不這麼想，這件事很早就在海平區傳開了，甚至連傅華都知道了。傅華當時一直想提醒我，結果被我誤會他要說別的事情，擋了回去。」

萬菊不耐煩地說：「好了，就算傅開了又怎麼樣呢，我和雲龍公司也沒做什麼違法的事情啊。」

金達忍不住說：「誰說雲龍公司沒做違法的事啊？雲龍公司建旅遊度假區不過是個幌子，實際上是想建高爾夫球場的。你這個搞旅遊的，應該知道國家是明令禁止建高爾夫球場的吧？」

萬菊反駁說：「就算是禁止，地方政府也沒採取什麼取締措施啊，還給他弄了個省級招商保護項目呢，這些都是你們自己搞的，關我什麼事啊？我又沒出面幫他打招呼！」

金達不禁說道：「你做人家的顧問，就等於是告訴人家這家企業是我金達在罩著的，還需要你去出面嗎？傅華就是這麼想我的，他跟我那麼熟，都認爲我是收了姓錢的好處了，別的人就更不用說會怎麼想我了。」

萬菊固執地說：「別人愛怎麼想我管不著，反正我沒做違法的事。」

金達苦笑著說：「你怎麼政治敏感性這麼低啊？現在市委書記張琳在查這件事，等他跟省委彙報了，我是不是可以跟郭奎書記講，別人愛怎麼想我管不著，反正我沒做什麼違法的事啊？」

說到張琳，萬菊想到這件事很可能會影響到丈夫的仕途，這才開始有些緊張了，說：「張書記也知道這件事了？」

金達看了萬菊一眼，搖搖頭說：「人家一直在關注著我呢，這種事他能不知道嗎？也就我這個傻瓜，到今天才察覺。」

萬菊慌張的說：「那怎麼辦啊，張書記不會真的把這件事跟省委反映吧？」

金達苦著臉說：「這對張書記來說是千載難逢的機會，他現在跟我正鬧得水火不容，難得能抓住我的痛腳，他怎麼會放過啊！」

萬菊終於意識到問題的嚴重性了，原本丈夫因爲海川海洋科技園聲勢正如日中天，她這等於是給金達當頭澆了一盆冷水，讓金達的努力徹底付之流水。

萬菊歉意的看著金達，說：「對不起啊，老公，我根本就沒想到事情會這個樣子，有沒有什麼辦法能阻止張書記不要跟省委反應啊？」

說完，萬菊也覺得自己這話說的太幼稚了，張書記怎麼可能不向省委反映呢。

金達嘆了口氣，說：「我們還是不要抱這種幻想了，還是想想要如何應對吧。你跟我說一下，你都接受過錢總什麼禮物？」

萬菊就講了陸續收到的化妝品和名牌包之類的東西，講完後，萬菊突然想起家裏的保姆田燕也是錢總介紹的，便說：

「小田也是錢總介紹來的，原本她說只是先借我們家做個落足點，但是她來了之後，似乎就沒提過要離開的事，現在想想，小田似乎也有問題。」

金達叫了起來：「小田也是姓錢的介紹的？這些你怎麼都不跟我說啊？」

金達聽到保姆也是錢總介紹的，心知問題不是那麼簡單了，有些人想盡辦法討好領導，其中一個手法就是給領導送保姆，這些保姆都不是普通保姆，都是受過專門訓練的。

金達立即說：「你把小田叫進來，我有話要問她。」

萬菊就把田燕叫了進來。

金達和顏悅色地說：「小田啊，你來齊州也有一段時間了，有沒有覺得什麼工作適合你做啊？」

田燕回說：「叔叔，我看了一下，都沒適合我的。」

金達又說：「那需不需要我幫你介紹啊？」

田燕笑笑說：「還是不要了，我發現我的學歷太低了，拿不出手。」

金達和萬菊對視了一眼，都看出田燕根本是不想離開他們家。金達便說：「小田啊，你的做飯手藝是在哪裡學的，好多菜你做得比飯店裏的還好吃啊。」

田燕回說：「跟我媽媽學的。」

金達冷笑了一下說：「真的嗎？要不要把錢總叫來，我跟他聊一下，看你是不是跟媽媽學的？」

田燕愣了一下，說：「這是我自己的事，叫錢總幹什麼啊？」

金達笑說：「我想問問你的廚師手藝是在什麼地方學的，他請你到我們家來，又補貼了多少錢？」

田燕的臉立即紅了，說：「叔叔你知道了？」

金達猜想事情一定是這樣，所以才詐了田燕一下，沒想到還真是詐出了真相，便笑了笑說：「那你說，你是怎麼來的？」

田燕低頭招供說：「我剛從家政學校畢業，錢總去我們學校雇用我，讓我來給你們做保姆，那些找工作的說辭都是錢總讓我編出來騙你們的。」

原來這是一場騙局啊，萬菊在一旁氣得滿臉通紅。

金達又問：「看你這樣子，應該是學校的高材生吧，我們家給你的那份工資是不是不夠啊？」

田燕不好意思地說：「我們班最差的同學都不止賺你們給的數，不過我也沒吃虧啦，錢總私下每個月補給我三千塊。」

金達轉頭看了看滿臉通紅的萬菊，笑笑說：「你這下子不說那個姓錢的是跟你當朋友交往了吧？」

萬菊氣說：「這個老錢，他怎麼能這樣呢？」

金達說：「人家根本就從一開始就給你設了個局，你現在才明白啊？」

萬菊越想越火氣，說：「不行，我要找他，他當我是傻瓜啊。」說著，就準備要給錢總打電話。

金達攔住了她，說：「我們總會找他的，你先別急，等把事情商量好如何處理，再找他也不遲。小田啊，你先出去吧。」

田燕擔心地看了看萬菊和金達，說：「叔叔阿姨，你們是不是不想用我了？」

萬菊苦笑了一下，說：「我們就是想用也得用得起啊，你拿的錢都比我多了。」

田燕趕忙說：「反正這個錢是錢總出的，你們不需要爲這個擔心的。」

萬菊搖搖頭說：「小田，你不懂的，你先出去吧，我們有事要商量。」

小田就出去了。

萬菊看了看金達，低下頭慚愧地說：「老公，對不起啊，是我太糊塗，才給你添了這麼多麻煩。」

金達嘆說：「先不要說什麼對不起了，我們先商量下一步該怎麼辦。家裏現在有多少存款？」

萬菊想了想說：「有三萬塊吧，你想幹嘛？」

金達說：「我們要把錢退給錢總，家裡怎麼就這麼點錢啊？」

萬菊苦笑說：「我們倆的工資就那麼多，孩子要上學，家裏還請了保姆，雖然我們只付了一半都不到的錢，但也是一筆不小的開支啊，哪裡還剩得下多少錢。」

金達算了一下，田燕來他們家不止十個月，這三萬塊光是還保姆的錢都不夠，更別說還有名牌包和化妝品的錢了，不禁嘆道：「我現在才覺得我這個市長做得也挺可憐的，竟然連個保姆都請不起。」

萬菊忙說：「也不是啦，如果我知道小田這麼貴，也不會請的。現在關鍵是，我們手頭的錢也不夠還姓錢的啊，要不我回家去跟我爸爸借點？」

金達搖搖頭說：「千萬別跟你爸借，你爸媽那幾個退休工資也不寬裕。錢我來想辦法吧。」

萬菊煩惱地說：「你能想什麼辦法啊？你一向很少跟人家有金錢往來，匆忙之間跟誰借啊？」

金達笑笑說：「我也有有錢人的朋友啊。」

萬菊想想說：「還是不要了，我可不想你剛出了泥沼，又跳進了火坑，我還是回家想想辦法吧。」

金達笑了說：「這個朋友不會的，我剛好也想借著借錢的事跟他恢復一下關係，重修舊好。」

萬菊詫異地說：「什麼朋友啊，借錢還能重修舊好？」

金達回說：「傅華啊，因爲錢總這件事，讓我們有了些誤會，最近他很少跟我聯絡，我如果跟他借錢，也算變相的跟他道歉吧。」

萬菊點點頭，說：「這個歉是需要道的，當初傅華可是幫了你不少的忙，這次又提醒過你，這種人是可以做一輩子朋友的。」

金達就撥電話給傅華。

傅華接通了，金達立即說道：「傅華，我剛才問了一下你嫂子，她確實是被那個錢總設計了。」

傅華不知道該怎麼回答金達，只好隨口應付說：「原來是這樣啊。」

金達又說：「傅華，你嫂子收了錢總一些東西，這些東西你嫂子都用了，我想折算成

現金退給他，可是手頭的錢不夠，所以想麻煩你，能不能借我一點錢應應急。」

金達這句話雖然不是道歉，卻等於是在央求了，一個市長把姿態放低到這個地步，傅華也不好再端著架子不理人家，就說：「你需要多少，我馬上匯給你。」

金達算了一下，說：「我算算大概需要五萬左右吧，我手頭只有三萬塊，你再匯兩萬給我好了。」

傅華想想說：「兩萬估計不夠的，要還人家錢，最好是多準備一點，再說，你家裏也需要用錢啊，這樣吧，我匯五萬過去好了。」

金達尷尬的說：「行啊，這時候我就不跟你客氣了，我會儘快還你錢的。」

「錢我又不急著用，不用急著還。」傅華義氣地說。

金達不禁感慨說：「傅華，有時候我真是很羨慕你啊，你多自在啊，哪像我過得這麼狼狽。」

傅華笑笑回說：「我們志向不同，無法比較的。倒是錢總這件事，退了錢是不是就能了結了？」

金達苦笑一下，說：「現在我心裏也沒數，張書記已經在調查這件事了，我也不知道將來會是一個什麼樣的結果。」

傅華訝異地說：「張書記也知道這件事了？」

金達說：「是啊，我就是因爲張書記調查這件事，才知道我老婆給雲龍公司做顧問的。唉，這本來沒什麼，可是到了別有用心的人手裏，恐怕就麻煩了。」

如果張琳真的拿這件事來整金達的話，還真是夠金達喝一壺的。雲龍公司這個項目本來就存在著問題，就算沒有萬菊做顧問這一段，金達恐怕也需要負上相當的責任。

傅華有些爲金達擔心，便問道：「下一步您打算怎麼辦啊？」

金達無奈地說：「我現在只想趕快把錢先還給錢總，其他的還沒想過。」

傅華想想說：「張書記都插手了，還錢恐怕已經晚了。」

金達賭氣說：「晚了就晚了吧，反正我問心無愧，大不了我這個市長不幹就是了。」

傅華勸道：「您別這樣子啊，我覺得這件事也不是一點辦法都沒有的。」

金達聽了說：「傅華，你有辦法幫我？」

傅華沉吟了一下，說：「我是這樣子想的，這件事與其等別人爆出來，還不如您主動先找省領導承認自己的錯誤，嫂子是被人設計的，雖然造成了不好的影響，但是並不是故意的，我想省裏的領導也不會不分青紅皂白的處罰您吧？」

金達猶豫地說：「你要我主動向省領導坦白？這樣好嗎？」

金達擔心如果張琳根本沒向省委反映，那他坦白了豈不是自曝其短了嗎？

傅華分析說：「我覺得這樣反而能讓您爭取主動的機會，如果等張書記把情況跟省領導彙報了，再找您去調查的話，一定會鬧得滿城風雨的，到時候一些無中生有的傳聞都會出來，就算您能平安過關，恐怕聲譽也會受到極大的影響的。」

金達聽了說：「我明白你的意思了，我考慮考慮吧。」

傅華不好強逼著金達去主動坦白，就笑笑說：「那行，明天我就把錢匯給您，不夠的話，您再跟我說。」

金達說：「行，先謝謝你了。」

第三章

空手套白狼

現今這個時代，已經不是那種空手套白狼可以玩得動的時代了。
股市經過這麼多年的風風雨雨，已經鍛鍊出一批火眼金睛的高手，
沒有資金只空玩的話，很容易被人看穿，那樣子不但可能賺不到錢，甚至血本無歸的。

掛了電話後，一直在旁邊聽著的萬菊看了看金達，說：「老公啊，你真的準備主動找省領導坦白？」

金達點點頭說：「到這一步，可能這是最好的方法了。」

萬菊叫說：「什麼最好的方法啊，你都是被我牽連的，這件事是我做下的，責任應該由我承擔。這樣吧，我去找郭書記坦白，他要打要罰，都叫他衝著我來。」

金達說：「別傻了，我們是夫妻，你擔和我擔效果都是一樣的。」

萬菊懊惱地說：「不一樣，我們可以離婚啊，這樣我擔了責任，你就沒事了。」

金達沒想到萬菊竟然想要用離婚來保全他，急說：「這不行，我不能這時候拋開你，讓你去為我承擔責任。」

萬菊苦勸說：「老公，你別這麼感情用事啊，你為海川付出了多少心血啊，要是被我毀於一旦，你會甘心嗎？理智一點，我明天去找郭奎書記，把情況說明了，然後說我願意跟你離婚，只要不影響到你就行。」

金達苦笑著看著萬菊說：「我不會同意你這麼做的。雖然這件事是你做的，但是如果不是因為我做這個破市長，那個姓錢的也不會把主意打到你身上，所以大家都有責任，你就不要內疚了。」

萬菊看說服不了金達，只好說：「好，我答應你不再提離婚這件事了，但是明天你去見郭書記的時候，我要跟你一起去。」

金達疑惑的看了萬菊一眼，說：「你去幹什麼？」

萬菊說：「我去把情況跟郭書記詳細說明一下啊，我是當事人，我去說比較有說服力。你不是說我們要共同面對嗎，那我們就共同面對吧。」

金達點點頭說：「行，那我們就共同面對。好了，我們吃飯去吧，我從海川匆忙趕回來，現在肚子餓極了。」

兩人從書房走了出來，田燕因爲金達回來，又多加了幾個菜。

金達看著豐富的菜色，笑笑說：「說起來，我們還要感謝錢總啊，沒他這麼刻意的幫忙，我們還吃不到小田這麼可口的飯菜呢。」

萬菊笑了，說：「誒，你這是什麼意思啊，拐著彎說我做飯的手藝差是吧？」

金達說：「你的手藝是不差，但是離這專業水準的，還是有點距離了。小田確實是水準很高啊，有飯店的水準，卻不失家常的味道。」

田燕看金達兩口子有說有笑的，還誇她手藝好，以爲兩人接受她了，就笑笑說：「阿姨，你們願意把我留下來了？」

萬菊搖搖頭說：「小田啊，我是很想留下你，你在的這段日子，我輕鬆很多，心裏也很感激。但是你也知道，我們不能留你，明天我會通知錢總，把你帶走的。」

田燕忙說：「可是阿姨，你們對我很好，我很想留下來，如果你們接受不了我的工資，可以降低的啊。」

金達說：「不行的。小田啊，我也謝謝你幫我把家照顧得這麼好，就算你離開了，我們仍然會拿你當朋友的，行了，叫你阿姨開瓶紅酒，這餐就算是我們給你的送行宴吧。」

萬菊就開了瓶紅酒，三人各倒了一杯，晚餐就在各有心事的情況下吃完了。

第二天，金達在吃早餐的時候，便打電話給郭奎，說自己在齊州，有事想要跟郭奎彙報，郭奎就讓他十點鐘之前過去。

金達和萬菊匆忙吃完早餐，便趕去了省委。

郭奎看到萬菊愣了一下，笑說：「秀才啊，你帶夫人來，是跟我玩的哪一齣啊？這我還真是看不懂了。」

金達剛想回話，萬菊就搶先說道：「郭書記，我和金達是來跟您承認錯誤的，我不小心中了別人的圈套……」

金達怕萬菊把責任全攬到身上，趕忙打斷了萬菊的話，說：「郭書記，你還是聽我說吧，事情是這個樣子的……」

萬菊卻不肯停下話來，搶著說：「郭書記，您還是聽我說……」

郭奎看兩人爭執不休，笑了起來，說：「好啦，你們夫妻倆可別打起來了，一個一個來。這樣吧，女士優先。」

金達叫說：「可是郭書記……」

郭奎制止說：「秀才，別可是了，有點紳士風度好不好？」

金達只好閉上了嘴，萬菊就如實陳述了跟錢總結識的過程，以及陸續收受禮物和保姆的事。

郭奎聽了，臉上並沒有顯出生氣或驚訝的表情，反而帶著笑容看了看萬菊，說：「你說完了？」

萬菊低著頭說：「說完了。郭書記，禍是我惹的，有什麼責任我來承擔，您要處罰就處罰我好了。」

郭奎並沒有馬上表態，轉頭對金達說：「秀才，現在你可以說了。」

金達趕忙說：「郭書記，事情經過大致跟我老婆說的差不多，不過有些事我需要聲明一下，不管怎麼樣，惡劣影響已經造成了，我這個做市長的必須承擔責任，我願意接受任何處分。至於我老婆，她是無辜被牽入到這件事中，上當是情有可原的。」

郭奎看了看金達，說：「秀才，你現在打算拿這件事怎麼辦？」

金達說：「我已經準備了一筆錢，打算把錢退還給錢總。」

郭奎笑笑說：「準備了多少錢啊？」

金達小聲說：「我想五萬塊應該夠了吧？」

郭奎取笑說：「攢了不少家當啊，秀才。」

金達不好意思地招供說：「我全部的存款只有三萬塊，這些還是我跟駐京辦的主任傅華借的。」

郭奎聽了說：「這個傅華挺有意思的，秀才啊，你如果能早點聽他的話，估計現在就不需要花上這麼多錢了吧？」

金達愣住了，他看看郭奎，滿心地疑惑爲什麼郭奎會知道傅華曾經提醒過他。

郭奎笑說：「你在奇怪我爲什麼會知道傅華提醒過你吧？因爲他曾跟曲煒抱怨過，說你可能被權力欲望腐蝕了，根本就聽不進他的勸。曲煒聽到這個情況，有點擔心，就把這情況跟我反映了。我當時覺得這件事還沒爆發，如果貿然的提醒你，似乎也不太妥當，就讓曲煒去查一下是怎麼回事。曲煒調查後，發現你們夫妻倆並沒什麼太大的問題，我就讓他先不要管了。曲煒跟傅華的關係，我想你比我更清楚，他在曲煒面前說些抱怨的話，我想你該不會對他有什麼意見吧？」

金達立刻說：「我怎麼會對他有意見呢？他提醒我也是爲了我好，只是我當時誤會了他，沒讓他把話說完。」

郭奎苦口婆心地說：「這也是我今天想批評你的地方，秀才啊，你是不是覺得做了市長，身分跟以前不同，別人的話，你都聽不進去了？你知道我爲什麼不讓曲煒提醒你？我是想看看你究竟要多久才能自覺。老實說，我等的時間可不算短啊，你的眼睛都被蒙蔽到這種程度了，竟然連自己老婆發生的變化都沒有發現？」

金達的臉被說得通紅，無言以對。

郭奎看金達一副難堪的樣子，就轉頭對萬菊說：「我很高興你跟秀才在這個時候沒有互相推諉責任，這件事你確實有做錯的地方，但是還沒嚴重到要負什麼行政或者刑事的責任。你們倆商定把錢退回去的辦法是可行的，那就快把錢退給人家吧。以後要多分心眼，別再上這種當了。」

萬菊趕緊說道：「我會按照您的指示去做的。」

郭奎點點頭：「你先回去吧，我還有事要跟秀才談。」

萬菊擔心的看了看郭奎，郭奎笑說：「你放心，我不會再責怪他了，行了吧。」

萬菊這才說：「那我回去了，郭書記。」

經過一段時間的緩衝，郭奎見金達的臉色稍稍恢復正常了，便笑笑說：「你不尷尬啦，秀才？」

金達沮喪地說：「郭書記，我剛才反省了一下，自己確實是有點飄飄然了。」

郭奎冷笑一聲，說：「我看你飄飄然的還不輕呢，現在你很行啊，能在常委會上搞得張書記都下不來台，你想幹嘛，搶班奪權嗎？」

沒想到郭奎也知道了常委會上自己跟張琳發生衝突的事，金達趕忙辯解說：「不是的，郭書記，那個招標確實是存在問題，我在常委會上爭辯也是為了工作。」

郭奎哼了聲說：「為了工作？你理由倒很充分啊。你是不是覺得自己一點錯都沒有啊？那你告訴我，你們海川現在一二把手鬧得這麼僵，市裏面的工作今後怎麼開展啊？你們兩個這麼明爭暗鬥的，我這個省委書記要怎麼放心的讓你們管理這個市啊？說啊，你不是挺有理由的嗎？」

金達低下了頭，認錯說：「對不起，郭書記，我考慮問題太簡單了，我錯了。」

郭奎教訓說：「一句『考慮問題太簡單了』就能交代過去了？你豈止是考慮問題太簡單，你簡直是不知道自己是誰了吧？是不是海洋科技園很風光，你就覺得你不得了了？」

金達尷尬的說：「我沒有啊，郭書記。」

郭奎訓斥說：「你沒有嗎？張琳是組織任命的市委書記，連我見了他都很尊重，我不是尊重他這個人，我是尊重他這個市委書記的職務。你想過沒有，市委書記是代表組織在管理海川，你讓張書記在常委會上顏面掃地，他今後還怎麼去管理你們這個班子啊？競標有問題，你可以私下跟他協調嘛，為什麼要公開跟他叫板呢？你這不是覺得海川市盛不下你了，又是什麼？」

郭奎咄咄逼人的話，讓金達的頭垂得更低了，幾乎不敢去看郭奎的眼睛。

郭奎頓了一下，可能也覺得自己的話太嚴厲了，語氣便柔和了下來，說：「秀才，你這次是怎麼突然開竅，發現你老婆的問題的？」

這還是跟金達惹惱張琳密切相關的，金達更尷尬了，他偷眼看了看郭奎，低聲說道：「是孫副市長聽說張書記在調查雲龍公司，發現萬菊替雲龍公司做顧問，擔心是針對我才查這件事的，就通知我，讓我回來查問萬菊，我才知道的。」

郭奎沒想到背後的原因竟是如此，不禁諷刺說：「你們倆個還真是本事啊，竟然內鬥到這種程度啦，真厲害啊，你們有這種精神，我是不是該認爲你們海川的經濟一定會出現跨越性的發展啊？」

金達的頭再次低了下去。

郭奎看金達可憐的樣子，嘆了口氣，說：「秀才啊，做一個好的領導人，最基本的素質是要善於調劑身邊的各種關係，這樣子你才能幹好工作。所以有時候妥協是必須的，你讓步，對方才能給你讓步。如果你們都拚命的攻擊對方，拚命給對方下絆子，你們還怎麼工作啊。工作幹不好，受害的還不是你們自己？」

郭奎說到這裏，忽然想到了什麼，問：「秀才，我看你老婆那點問題似乎並不嚴重，你根本就沒必要跑來我這裏坦白的。是不是這裏面還存在著別的問題啊？」

金達苦笑說：「您果然是慧眼如炬，確實是存在別的問題。這家雲龍公司建的旅遊度假區項目，實際上是個高爾夫球場，某些方面來講，土地審批手續是有問題的。」

郭奎狐疑地看了金達一眼，問道：「你可不要告訴我，這塊地是你批准的？」

金達趕忙搖搖頭，說：「這塊地是在海平區採用化整為零的方式批的，我發現的時候，已經批准了，還搞了一個省級的招商保護項目，當時的常務副市長穆廣說，好多地方都在這麼操作，讓我不要管，管嚴了的話，反而會讓人覺得在海川限制太多，經濟不自由，我就沒去管它。」

郭奎冷笑了下說：「什麼經濟不自由，我看你們是為了自己地方上的GDP吧？」

金達再次尷尬地點點頭，說：「我就知道瞞不過您。」

郭奎瞪了一眼金達，說：「說什麼你就知道瞞不過我，剛才我如果沒問你，你大概根本都不打算跟我說了吧？秀才，你也開始學著糊弄我了？」

金達嚇得趕忙說：「郭書記，我可沒有糊弄您的意思，我是準備全盤托出的，只是您一直問我問題，我沒有說出來的機會。」

郭奎瞅了一眼滿臉惶恐的金達，說：「好了，不用那麼緊張了，反正我也管不了你多長時間了。」

東海省一直在傳言郭奎即將離任省委書記，到北京去任職，只是這個傳言一直沒被證實，今天郭奎這麼說，金達的第一反應就是郭奎可能真要卸任省委書記了。

金達試探地問道：「郭書記，您的意思是，您要離開東海省了？」

郭奎點點頭，說：「在下次省委換屆之前，我可能要交棒給呂紀同志了。你有個心理準備吧，我隨時都會離開東海省的。」

金達惋惜地說：「您這個年紀，應該還可以幹一屆的吧？」

郭奎說：「這是中央的安排，我必須接受，以後我可能要到人大去任職了。秀才啊，以後我就不能護著你了，你自己好自爲之吧。」

金達感傷地說：「郭書記，我很慶幸這些年能跟著您工作，我從您身上學到了很多東西。我真的是捨不得您走。」

郭奎看看金達，目光慈祥了起來，金達就像是他官場上的兒子，從省政府政策研究室到海川市市長，他一步步見證了金達的成長，便笑笑說：

「人生沒有不散的筵席，秀才啊，你這個人呢，實話說並不完美，總能讓我看到這樣那樣的缺點，但是我爲什麼仍然很賞識你呢？就是因爲你的那種堅持，還有原則性，這兩種素質是很難能可貴的，我希望我離開東海之後，你還能保持下去。」

金達點點頭，說：「我會記住您的教誨的。」

郭奎接著說道：「這件事情呢，你別怪我批評你，你做得確實是不夠水準，從頭到尾絲毫看不出你有一點政治家審時度勢的風範。張書記那個人，個性其實很軟弱，沒有什麼做大事的魄力，當初選擇他做市委書記，只不過是一時的權宜之計罷了。這對你來說，本來是一個大好機會，可惜你沒有很好地利用這個機會啊，反而跟他搞得水火不容。能把這種人都惹到這種程度，你也真是夠本事的。」

金達還欲辯解一番時，郭奎揮了揮手，說：

「你不用跟我解釋了，我知道張書記的做法是有不對的地方，可能跟你的原則相衝突，但是這世界上不是每件事都那麼黑白分明的。就像雲龍公司這個土地項目，你明知道是違規的，爲什麼你不去管呢？因爲它的存在對你們海川市政府是有利的。張書記的做法是不對，但是你爲什麼不想想，適度的容忍可能才是對你更加有利的呢？我不是囑咐過你嗎？要你把心思放在海洋科技項目上，別的不要去管嗎？你在海洋科技園區做得好好的，跟張書記鬥個什麼勁呐？就你的學識和才能，這種人根本就不該成爲你的對手的。唉，這件事你讓我對你有點失望，你還是無法改掉自以爲是的毛病。」

說到這裏，郭奎喝了口水，接著說道：

「秀才啊，你也算是一個知識分子，視野不應該這麼窄的，應該有一種戰略的眼光，就跟下圍棋一樣，要贏首先要學會取勢，得勢則贏，失勢則輸，你現在表面上好像是贏了一局，但是從全盤考慮，整個大勢卻被你拱手讓人了，在現階段的政局中，你是輸了的。原本我還打算想辦法將張書記調開，在我走之前再扶你一把，現在看來，這種想法有點過於急躁了，對你也沒什麼好處，以你現在這種心態，就算上到了市委書記這層臺階，你也是幹不好的。我可不想愛之適足以害之啊。你這個市長，恐怕還得幹上一屆了。」

郭奎的語氣有些沮喪，金達和張琳之間發生的衝突，完全打亂了他原本對金達的規劃佈局。就像他說的，他原本是打算讓金達借著海洋科技園這個東風更上一層樓，取代無所作爲的張琳。這一點，他跟省長呂紀已有共識，所以只要金達本身沒什麼問題，市委書記基本上就是他的了。

但是就因爲金達的一時衝動，徹底打亂了這個計畫。郭奎在心裏嘆了口氣，有些事只能說是人算不如天算啊。算了，溫室的花朵是長不大的，就讓金達經歷經歷風雨吧。

郭奎便接著問道：「秀才，你剛才說這個雲龍公司在建的項目，是省級的重點招商保護項目，對吧？」

金達回說：「是的，郭書記。」

郭奎說：「這個省級招商保護項目可是層層上報審批的，這家公司能將一個違規項目包裝成被保護的項目，也算是很有能力了。說吧，你打算拿他們怎麼辦啊？」

金達眉頭皺了起來，說：「郭書記，說實話，我也不知道該怎麼辦。一方面是有ＧＤＰ

的考慮，另一方面還牽涉到省裏不少部門，處理雲龍公司，我投鼠忌器啊。」

郭奎點點頭說：「你這話說的還算誠實。是啊，真要處理這家公司，很多部門都會很難堪的。」

金達爲難地說：「那您說我應該怎麼辦啊？」

郭奎沉吟了一會兒，在他即將離任的時機，他希望東海政局能夠保持一個穩定的狀態，這件事真要查起來，牽一髮而動全身，恐怕會造成一場官場地震。眼前他沒有別的選擇，只有把事情給壓下去一條路，於是他看了看金達，說：

「秀才啊，雲龍公司雖然有違規現象，但是勉強還能夠解釋得過去，我擔心在這時候大費周章的處理這件事，會被有心人利用。你該知道交接班這個時期是個敏感的時刻，需要穩定的局勢，你明白我的意思吧？」

金達點了點頭說：「我明白，那我就不去管雲龍公司了。只是我擔心張書記會做出什麼針對雲龍公司的動作來。」

郭奎交代說：「這個你就不要管了，我來處理吧。你回去處理好你老婆跟雲龍公司的糾葛，不要給人留下口實，知道嗎？」

金達說：「我明白，郭書記。」

郭奎擺了擺手說：「那行，你趕緊去處理吧。」

金達回家後，萬菊告訴他，她已經跟錢總取得聯繫，讓錢總馬上來省城一趟，錢總答應會儘快趕過來。

萬菊問金達：「你要我自己來處理這件事，還是留下來跟我一起處理？」

金達擔心萬菊自己處理會再有什麼閃失，就說：「我還是留下來陪你一起處理吧。」

金達就給孫守義撥了個電話，說自己今天不能回海川了。孫守義並不感到意外，只問金達家裏的事處理好了沒有。

金達回道：「我已經問清楚了，正在處理這件事呢。老孫，這次謝謝你了。」

孫守義聽金達語氣輕鬆，似乎沒什麼大問題，心裏也放鬆了下來，笑笑說：「別這麼客氣了，您早點把事情處理好了，早點回來吧。」

下午，錢總從海平區趕到了齊州，萬菊讓他直接來家裏見面。

錢總一進門，看到金達也在家，詫異地說：「金市長沒回海川啊？」

金達笑笑說：「我要留在家裏跟你把話說清楚啊。錢總，我真是佩服你啊，你都把關係處理到我家裏來了，真是厲害。」

錢總尷尬的笑笑說：「我也只是想跟金市長交個朋友，沒有惡意的。」

萬菊抱怨說：「但是你這個交朋友的方式，實在是讓人無法接受啊。錢總，我們也算是認識有一段時間了，我現在才發現你的演技這麼好啊，又是讓我去你們那兒指導，又是讓小田在我家借住，一套一套的，把我騙得團團轉。你是不是在心裏笑我很好騙啊？」

錢總趕忙說：「那可沒有，我知道萬副處長一直是真心拿我當朋友的，說實話，對您我心中也常常有一種罪惡感，覺得不應該騙您的。」

萬菊聽了，不禁冷笑道：「呵呵，你設好了局騙我們，還有罪惡感了?!」

錢總苦著臉說：「萬副處長，你也不要把我老錢當做是個壞蛋，我這麼做也是有不得已的苦衷的。」

金達在一旁聽了說：「錢總，你真會說話，你還有苦衷啊，好吧，說說看，你的苦衷在哪裡啊？」

錢總陳述說：「我說出來，金市長您一定會理解我的。你也知道我在海平區的投資金額很大，我又不是海川當地人，做這筆投資如果沒有一個在海川市有能力的人罩著，我哪敢放心投下去啊。」

萬菊反駁說：「可是你認識我的時候，已經在海川投資了。」

金達說：「這我知道，錢總當初投資的時候，是有別的人罩著的，是穆副市長吧？」

錢總點點頭說：「我會來海川，是被穆廣帶來的，但是誰想到穆廣半路上竟然會出了事呢。」

金達接口說：「於是你就瞄上我了，是吧？」

錢總又點點頭，說：「一開始我是想直接找您的，可是您根本就不理會我，沒辦法，我只好把主意打到了萬副處長身上。」

萬菊忍不住問說：「我去給你掛名做顧問，就那麼有用嗎？」

錢總笑了，說：「您是沒意識到市長夫人這個身分的影響力究竟有多有用。我跟您說，自從您在我那裏掛名做了顧問，很多政府部門的人就不敢隨便去我那裏打秋風了，各方面的麻煩少了很多，一些審批工作也進行得很順利。」

金達埋怨說：「人家還以爲是我這個市長在罩著你呢，你自然辦事很順利了。不過，這種事情再也沒有了，我希望你再不要對外說我老婆給你們做顧問了。」

錢總認錯說：「我知道了，我不會再做這種宣傳了。」

金達接著說道：「再是有些賬我們也該算一下了。小田說你每個月補貼她三千塊，這筆錢我們需要還給你。還有我老婆收了你幾件禮物，你也算一下多少錢，一併還給你。」

錢總立即搖搖手說：「金市長，這些都算了吧。萬副處長也幫了我不少忙，這些就當做朋友之間的餽贈吧。」

金達搖搖頭說：「錢總啊，賬不是這麼算的，你也不是不懂得官場是怎麼一回事，所以不要讓我爲難好不好？」

錢總也是聰明人，知道糾纏下去也沒什麼意義，就列了個明細出來，計算了全部金額將近六萬。金達心說幸好傅華多匯了點錢過來，不然拿不出錢來，別提有多丟人了。

金達就把錢如數付給了錢總，然後讓錢總打了個收條。

錢總將收條遞給金達，陪笑著說：「金市長，這件事是我老錢做得下作了，還希望你不要記恨我啊。」

金達知道錢總在擔心什麼，笑笑說：「你放心吧，只要你們企業合法經營，我不會針對你做什麼的。海川需要發展經濟，像你這樣的投資商，我們都會儘量加以保護的，以後不用再動這些歪腦筋了，好好經營企業才是正道。」

錢總感激地說：「還是您金市長大人大量，謝謝你了。」錢總就領著小田離開了。

小田離開，讓萬菊感覺這個家一下子變空了很多，心中未免悵然若失，少了一個得力的幫手，以後又得自己辛苦了。

金達心中也有些失落感，他爲這件事所付出的代價，遠遠不止解雇一個保姆那麼簡單。他不但喪失了一次大好的升遷機會，還意味著他將繼續原地踏步好幾年了。

北京，晚上十點，鼎福俱樂部。湯言在他的包間裏一個人喝著酒。

經過這段時間的運作，一家可以出面重組海川重機的公司已經構建完成了。

這家新開的公司，鄭堅和湯言的公司都持有股份，中天集團持大股。不過從公司的登記資料上看，卻絲毫看不出這家公司跟他們三方能扯上什麼關係。

玩公司註冊這一套，對作為資本玩家的湯言來說，根本就是駕輕就熟的，他讓中天集團先在開曼群島開了一家離岸公司，再以這家離岸公司在國內組建公司，又用這家公司作為大股東，開了這家叫做「新和」的公司，好讓新和出面重組海川重機。

這樣一番轉手之後，就算是追到新和集團的源頭，也只能到開曼群島，根本就查不到中天集團那裏去。

現在算是萬事俱備，只欠東風了。

但是這陣東風卻遲遲刮不起來，因為不管是湯言或鄭堅，還是中天集團，現在都拿不出啓動炒作的資金。

現今這個時代，已經不是那種空手套白狼可以玩得動的時代了。股市經過這麼多年的風風雨雨，已經鍛鍊出一批火眼金睛的高手，沒有資金只空玩的話，很容易被人看穿，那樣子不但可能賺不到錢，甚至血本無歸的。

本來湯言是可以找關係，讓銀行貸款給新和集團的，但是他擔心那些消息靈通的人士因此嗅到他的氣息，從而預測到他炒作海川重機重組的手法。

坐莊的莊家是最忌諱被人看清炒作的思路的，那樣的話會處處受制於人，成為獵莊者的美食。湯言是獵莊老手，自然不會愚蠢到成爲獵莊者的盤中餐。

門被敲了幾下，隨即打開，老闆娘方晶走了進來。湯言眉頭皺了一下，很不想在這個時候看到方晶。

上次方晶闖進門來，刻意揭穿湯曼和傅華在一起吃飯的事，湯言可以明顯感受到方晶對湯曼心存惡意，這令他很反感，所以有段時間沒來這家鼎福俱樂部。

但是湯言這個人有個怪癖，就是離開了適應的環境就會很不舒服。他已經習慣鼎福俱樂部的環境和氣氛，之前換了幾家俱樂部去玩，都很不適應，於是他又回到了鼎福。

方晶是做服務業的，眼睛十分銳利，湯言眉頭輕皺的舉動雖然僅是一閃而過，但仍然看入她的眼中，便笑笑說：「湯少，怎麼看見我，眉頭還皺了起來啊？是不是還在生氣上次我說你妹妹的事啊？」

湯言應酬地說：「老闆娘，我生你什麼氣啊，我剛才是在想事情，被你進來打斷了，所以眉毛挑了一下，怎麼成了我生你的氣了？」

方晶不相信地說：「真沒生我的氣？」

湯言笑笑說：「我怎麼會跟一位這麼漂亮的女士生氣呢？」

方晶聽了說：「湯少真是會說話，可是你怎麼好長時間都沒過來？」

湯言應付道：「最近事情多了一點，分不開身，就沒過來了。」

方晶說：「那我就放心了，我還以爲你是生我的氣才不來了呢。其實我那天跟你說你妹妹的事，也是一番好意，那個傅華雖然沒什麼本事，卻有一副好皮囊，很能迷惑那些無知少女的。你不知道，當時你妹妹看傅華的那種眼神，充滿了愛慕，一定就是受了傅華的迷惑才會那個樣子的。我擔心她被傅華這個有婦之夫給騙了，就冒著惹你生氣的風險，側面提醒了你一下。」

方晶說的這一套完全是托詞，但是這番說詞卻正說中湯言心底的想法，立刻就喚起了他的共鳴。上次湯曼跟他大吵了一架之後，就一直跟他在冷戰當中，看見他理都不理，讓他的心情很是鬱悶。

湯言開玩笑說：「老闆娘，你怎麼知道那個傅華能夠迷惑女人啊，你也不過就見了他一面而已。」

方晶笑說：「湯少啊，我雖然年輕，卻經歷過很多人都沒經歷過的事，我這雙眼睛看人沒有不準的。那個傅華如果沒有能迷惑女人的兩下子，怎麼可能娶到鄭董的女兒啊？他不就是個小小的駐京辦主任嗎，鄭董的女兒會看上他，一定是他哄女人很有一套。我還知道這個傅華還跟通匯集團的千金結過婚，要不是他對女人有一套，北京城裏這麼多名媛怎麼都會喜歡他呢？」

湯言不禁笑說：「想不到老闆娘的消息這麼靈通啊，竟然連傅華的前妻都知道。」

方晶笑了起來，說：「我們做會所的，如果對城中富豪的情況不瞭解，那我們就不用吃飯了。」

湯言看了眼方晶，心中忽然浮起一個念頭，自己對付不了傅華，也許眼前的這個女人有辦法對付他呢？

自古以來，多少英雄都是栽在女人手裏的，想來傅華也不會例外吧？何況傅華也不是那種不沾女人的柳下惠，眼前這個如花似玉、心思詭密的女人，可能正是傅華的剋星呢。

湯言迅速的在心裏想著要怎麼調動方晶去對付傅華，很快就有了一個一箭雙雕的主意。他看看方晶，笑了笑說：

「老闆娘啊，你真是說到我心坎上去了。我正爲這件事情心煩著呢。不瞞你說，上次聽你說這件事後，我回去質問我妹妹，我妹妹竟爲了這個傅華跟我大吵了一架，到現在還跟我冷戰呢。你說，怎麼女人對他就這麼沒抵抗力呢？」

方晶說：「他也就是騙騙那些不懂事的小女孩，我打量過那個傢伙，一臉清純無辜的樣子，這最容易讓那些未經世事的女孩上當的。」

湯言笑笑說：「你說的太對了，我也是這種感覺，這傢伙真是太會裝無辜了，專騙我妹妹這種無知少女。傅華最壞的就是這一點，你還拿他沒辦法。如果誰能幫我想個辦法戳穿他，我會十二分的感謝的。」

方晶笑說：「要戳穿他再簡單不過了，這個忙我倒是可以幫湯少。」

此話正中湯言下懷，他趕忙問道：「老闆娘你有辦法？趕緊跟我說，要怎麼辦？」

方晶笑笑說：「辦法我可以跟你說，但是我有一個條件。」

湯言問：「什麼條件，說說看？」

方晶說：「我看你跟中天集團的林董和鄭董似乎在策劃什麼事情，我想你們三個大老闆湊在一起玩的，肯定不會是小生意，怎麼樣，帶我玩一把吧？」

湯言聽了，不禁笑道：「老闆娘，你倒是很會爲自己找機會啊！你別看我們三個外面似乎很風光，其實個個都是空心大老官呢，你真要跟我們玩嗎？」

方晶不相信地說：「空心大老官？湯少，你真是會開玩笑，你當我不知道嗎，你們三個的身價加在一起，恐怕要過百億了吧？」

湯言笑說：「誰這麼瞎傳啊？我這麼有錢嗎？我怎麼自己都不知道？」

方晶媚笑說：「別裝了好嗎，湯少，別的不說，就你們家老爺子，他的影響也不止幾億吧？」

湯言說：「看來老闆娘把我摸得透透的啊。」

方晶面露笑容說：「湯少可以查我的底，我爲什麼不可以查你的呢？」

湯言愣了一下，說：「你知道我查過你？」

方晶說：「這圈子也不大，誰在查我，自然是一問便知啊。好了湯少，你也別跟我兜圈子了，我知道你追過鄭董的女兒，這個傅華跟你算是情敵，現在又跟你妹妹攪在一起，換到哪個男人都會受不了的。我想你現在想對付他的心思一定極爲強烈，跟我做這筆交易，你不會吃虧的，怎麼樣，幹不幹啊？」

湯言的不情願其實是裝出來的，如果被這個精明的女人看出他們實際上是真的很缺資金，她一定會坐地起價的。

湯言便語帶保留地道：「我沒辦法馬上答應你，我們是三方合作，需要跟另外兩方商量一下才行。」

方晶點點頭說：「這我知道，不過，湯少你在其中的影響力很大，你如果接受了，我想其他兩方也不會反對的吧？」

湯言故意說：「好啦，老闆娘，真是沒辦法拒絕你，我是沒問題，不過不管怎麼說，我還是需要跟另外兩個合作夥伴商量一下才能答覆你。你是準備等我有了確定的答案之後，再告訴我你要如何去對付傅華呢，還是現在就跟我說？」

方晶說：「我相信只要湯少你答應，就一定沒問題的。我想到的辦法其實很簡單，就是戳穿僞君子的真面目，把他隱藏的那一面給揭露出來。」

湯言看了方晶一眼，猜說：「老闆娘，你不會是想派個小姐去勾引傅華吧？」

方晶反問道：「怎麼，不行啊？男人只有在跟女人做那種事的時候，才會脫去全身的偽裝。你想看他的真面目，也就那一刻可以看得到。」

方晶揭開的底牌跟湯言想的差不多，但這一刻他忽然又覺得這麼做有點下作，這不是他湯言應有的作風。便搖搖頭，說：「老闆娘，這個傅華恐怕沒你想的那麼好對付的，叫我說還是算了吧。」

方晶聽了，很有自信地說：「湯少，你這話反倒激起我的鬥志來了，什麼算了啊，你覺得我擺不平傅華嗎？我跟你說，還沒有我擺不平的男人。」

湯言心說，這話我倒信，連省長你都能擺平呢，只是我現在不想這麼做而已。

他笑笑說：「老闆娘，問題不是你想的那麼簡單，譬如你要怎麼去跟他接觸啊？貿然的找上門去，他會對你有戒心的。還是算了吧，如果你想參與我們的合作，我會幫你跟林董他們商量一下的。」

方晶想想，湯言的話也不無道理，她跟傅華並沒有什麼接觸，貿然的找上門去，的確可能讓傅華產生戒心。要想擺平傅華，必須要有一個契機，現在這個契機還不具備。

方晶便笑笑說：「那也好，傅華的事就先放著吧。林董和鄭董那邊，還麻煩湯少幫我多做些說服的工作，我手頭的資金閒放著，很希望能找到一個用武之處。」

湯言答應說：「行，明天我就會找他們商量一下。你方便透露一下，你手裏有多少可調用的資金嗎？」

方晶笑了笑說：「我手裏眼下只有五千個，跟你們比，是不是很少啊？」

湯言心想：這女人還真是撈了林鈞不少錢啊，開了鼎福俱樂部之外，手裏竟然還剩了這麼多啊。不禁笑說：「老闆娘真是謙虛了，五千個還少啊，現在誰手頭能一下子調用這麼一大筆錢啊。」

第四章

鼎福俱樂部

鼎福俱樂部，董事長辦公室。

方晶手拿著一杯紅酒，站在窗前，望著窗外燈火通明的北京城。

作為一個俱樂部的經營者，夜晚才是她的世界，她喜歡在夜深的時候，看著被街燈照亮如白晝的城市，這給她一種輝煌的感覺。

第二天，湯言便把鄭堅和林董都約到他的辦公室，講了方晶想要參與海川重機重組這件事。

講完後，他看了看鄭堅和林董，說：「兩位談談你們的看法吧？」

鄭堅眉頭皺了一下，說：「湯少，這件事原本你不是不想讓這個女人介入的嗎？」

湯言苦笑了一下，說：「我是不想啊，但是我們從哪兒找那麼多的資金進來啊。現在我們沒有別的辦法了。」

林董也擔心地說：「再讓一方加進來，事情就複雜化了，湯少，能不能動用你的關係貸點款進來啊？」

鄭堅否決了這個提議，說：「貸款這個方法行不通，金融圈就這麼大，湯少如果出面，外面的人馬上就會得到消息，必然會將這個跟海川重機的重組連接在一起，對我們將來運作是很不利的。再說，重組這種東西很難有確定的時間表，也許幾個月，也許一年兩年也不一定，我怕到時候光是利息都是一筆很大的數字。所以如果要在貸款和方晶的錢之間選擇的話，我倒寧願選擇方晶。」

林董卻持反對意見，說：「但是就上次的接觸來看，這個女人絕對不是好對付的角色，把她帶進來不一定是好事。」

湯言聞言笑說：「方晶不好對付，我們三個就好對付了嗎？」

鄭堅也笑了起來，說：「這倒也是，我們三個都是經歷過風雨的老手，怎麼也不會栽在一個女人的手裏吧？既然她想跟著我們玩，那就帶她一起吧。」

林董卻不像鄭堅一樣樂觀，他搖搖頭說：「不會這麼簡單吧，這女人的錢來歷不明，我擔心用了她的錢，我們會受到牽連的。」

湯言分析利弊說：「這個我覺得倒不是太大的問題，再說，我們也不是不能控制住局面。我會想辦法讓這筆錢安全了才進到公司的。林董啊，這個你就放心好了。」

林董最後看了看鄭堅，說：「老鄭啊，這件事是你把我拉進來的，你來決定吧。」

鄭堅想了想說：「我覺得沒問題。」

林董只好說：「那就這樣吧。」

三人就商量了五千萬需要分給方晶多少份額的問題，數字的問題很簡單，三人很快講定了合作模式。

商量完資金分配的事，湯言便高興地說：「現在算是萬事俱備，只等著正式啓動海川重機重組了。」

鄭堅說：「湯少是不是也該去東海那邊走一遭了？政府方面的意見對重組也是很關鍵的，我們首先要確保政府不會反對我們的重組方案。」

湯言說：「這件事必須我們家老爺子出面，我問過他的秘書了，他跟東海省的省長呂紀關係還不錯，打個招呼應該沒什麼問題的。」

鄭堅說：「那就儘快吧。你收購海川重機的股份已經有些時日了，也該是有點作爲了。再拖下去，小心夜長夢多。」

湯言點點頭說：「行啊，我晚上回家跟老爺子說一下，讓他打個電話給呂紀好了。」

晚上湯言回到家，湯曼也在家，看到湯言回來，瞅了他一眼，就不再搭理湯言了。

父親看到湯曼這個樣子，笑說：「小曼啊，你哥什麼事情惹到你了，讓你理都不理他啊？」

湯曼沒好氣的說：「他這個人蠻不講理。」

湯言回嘴道：「什麼我不講理了，明明是你去跟一個有婦之夫勾勾搭搭，還說我蠻不講理。」

湯曼臉一下子漲紅了，叫道：「你胡說八道，我什麼時候跟有婦之夫勾勾搭搭了？我只是請人家吃了頓飯而已。哪像你，一邊包養大學生，一邊還去什麼俱樂部泡小姐，還有臉說我？」

湯言反駁說：「我是個男人，在外面有些應酬也是應該的……」

父親看兩人吵了起來，趕忙揮手止住他們說：「你們別吵，吵吵嚷嚷的像個什麼樣子，都給我閉嘴。」

父親在家裏是很有威嚴的，湯言和湯曼都閉上了嘴。

父親轉頭看了看湯曼，說：「小曼，你說，這個有婦之夫究竟是怎麼回事啊？」

湯曼急說：「爸爸，你怎麼也相信哥哥的瞎說啊？」

父親說：「你想讓我不相信也行，你把話給我說清楚，究竟怎麼回事？」

湯曼說：「我就是請人家吃頓飯而已，什麼勾勾搭搭啊，那是鼎福俱樂部那個老闆娘瞎說的，哥就不分青紅皂白來指責我。」

父親問：「你是請什麼人吃飯？」

湯曼回說：「是小莉姐的丈夫。」

父親說：「是鄭老的孫女婿啊，你們怎麼碰到一起啦？」

湯曼瞅了眼湯言，沒好氣的說：「這個你問哥，都是他搞出來的事。」

湯言指責妹妹說：「你還好意思讓爸問我，要不是你跟那些亂七八糟的傢伙交往，被人下了藥，又怎麼會跟那個傅華混在一起啊？」

湯曼絲毫不讓地說：「你也不是什麼好東西，是你想算計人家傅哥，被我碰上了，我才認識他的。後來人家救我，你打錯人了，還死不承認……」

湯言叫說：「我沒打錯，當時那個樣子……」

見兩人又你一言我一語的互不相讓，父親惱火地道：「好啦，這都是什麼亂七八糟的，又是被人下藥，又是打人，你們兄妹在外面都搞了些什麼啊？」

湯言說：「你問小曼吧，都是她幹的好事。」

湯曼叫了起來，說：「什麼叫都是我幹的好事啊，明明是你打的人。」

父親揮手說：「別吵了，都給我閉嘴。小曼，你先說，被人下藥是怎麼一回事？我怎麼從來都沒聽你們在我面前說過啊？」

湯曼也知道自己在這件事情上是理虧了，便說：「好啦，是我交友不慎，交了幾個社會上非主流的朋友，他們在我的飲料中下了藥……」

湯言嗤之以鼻地說：「什麼叫非主流啊，根本就是小流氓。」

湯曼氣說：「好，就是小流氓又怎麼樣，那跟傅哥無關。傅哥可是救了我的，你可倒好，一上來就打人。」

湯言說：「我是你哥誒，看到你那種情形，別說打人，都想殺人了。」

湯曼質問說：「那我後來告訴你打錯了，你爲什麼不道歉？根本就是借機報復……」

父親氣得一拍桌子，說：「你們還吵？」

湯曼和湯言閉上了嘴，父親看著湯言，說：「這次換你說，究竟怎麼回事？」

湯言說：「當時小曼被人下了藥，正好碰到傅華，被傅華帶了出來，然後就通知我，我趕去，看到小曼上衣都被扒開了，情形不堪入目，我就……」

「什麼，小曼，你的衣服怎麼會被人扒開的？」父親不等湯言把話說完，就開始質問起湯曼來。

湯曼尷尬的說：「那是我在藥力的作用下，自己扒開的。」

「胡鬧！」父親氣得叫道：「一個女孩子家怎麼玩得這麼瘋啊？我平常工作忙，顧不上管你，你就這麼胡作非爲啊？」

湯言在一旁煽火說：「就是嘛，小曼，我說過你幾次了，別在外面玩得那麼晚，你就是不聽。」

父親瞪了一眼湯言，說：「你也不用給我裝好人，你在外面包養大學生又是怎麼回事？你這個年紀，不正當找個女人結婚，包養什麼大學生啊？你說你妹妹在外面玩得那麼晚，你還不是一樣，我回家根本都看不到你的影子，小曼都是被你帶壞的。」

湯曼立即做了個鬼臉說：「就是嘛，我就是被哥哥帶壞的。」

父親衝著湯曼叫道：「你給我閉嘴，一個女孩子家不知自愛，我警告你啊，不准再跟那些狐朋狗友玩了，以後早早的給我回家，酒吧什麼的禁止你去。」

湯曼不滿的叫道：「爸爸，你這是限制人身自由。」

父親態度強硬地說：「我就限制你的自由，再不管你，我看你都不知道自己姓什麼了。我警告你，給我老實點，否則讓我知道你不聽我的話，我就把你的卡全部停了。」

湯曼雖然刁蠻，卻不敢跟父親當面頂撞，就站起來，氣鼓鼓的說：「哼，你找條鎖鏈把我鎖在家裏得了。」說完，就跑進自己房間，狠狠地把門摔上了。

父親嘆了口氣，說：「這孩子！」

湯言雖然最近跟湯曼鬧彆扭，但是兄妹感情還是很好的，就勸說：「爸爸，小曼最近已經乖了很多，晚上都很早就回來，是不是不要對她這麼嚴厲了？」

父親苦笑了一下，說：「這個你不要管，我只是嚇唬她而已，讓她這段時間給我收斂點，你以爲家裏真的關得住她啊？」

父親又看了一眼湯言，說：「小言，你跟那個鄭莉的丈夫是怎麼一回事啊？他叫什麼，傅華？」

湯言說：「對，叫傅華。不是我刻意去找他，是他找鄭叔，說是想幫海川一家上市企業尋找重組的企業，鄭叔就想把我介紹給他，安排了一次見面。」

父親懷疑地說：「真的不是刻意的？我看這裏面，就是這個傅華不知道你跟鄭莉曾經有過那麼一段吧？如果你不是刻意的，滿可以不搭這個橋的。那個鄭堅也是故意的吧，當初他是你跟鄭莉的媒人，鄭莉沒選你，卻選擇了傅華，他也一肚子意見吧？」

湯言不好意思的承認說：「看來什麼事都瞞不過爸爸，我承認我是有想借機羞辱傅華的意思，但另一方面，我也覺得這家公司有炒作的空間，是可以做的，所以才同意跟傅華見面的。」

父親說：「那後來怎麼樣，他願意跟你合作了嗎？」

湯言搖搖頭，說：「那天小曼也闖了過去，不小心揭開了我跟鄭莉的關係，讓他產生了戒心，就拒絕跟我合作了。」

父親笑說：「沒讓你得逞，是不是讓你心中很惱火啊？」

湯言坦承說：「是有點。」

父親又問：「那這家公司你放棄了嗎？」

湯言自負地說：「放棄不是你兒子的風格，我私下已經買了這家公司大部分的股份，正準備大幹一場呢。說到這裏，爸爸，我聽說你跟東海的呂紀省長關係還不錯？」

父親看了看湯言，說：「這件事是小王告訴你的？」

小王就是父親的貼身秘書，湯言點點頭說：「前段時間，我打電話問他，你在東海有沒有什麼要好的關係，他就告訴了我呂紀省長。」

父親不禁笑了笑說：「你這傢伙倒挺會利用我身邊的關係的，小王最近幫你辦了不少事吧？」

湯言趕忙說：「這個你別怪王秘書，是我非讓他幫我的。」

父親笑笑說：「我怪他幹嘛？我不是那麼老古板，非得逼著身邊的人一點私事都不能辦才行，那不是胡說嗎，哪個人沒點私事啊？如果一個秘書硬是裝著大公無私，一點私事都不辦的話，那我還不敢用他了，我會懷疑他跟在我身邊不知道有什麼圖謀呢。我是很開明的，只要不是太出格，偷著辦點私事，我是會容忍的。」

湯言笑了，說：「那呂紀這邊？」

父親點點頭說：「電話我會幫你打的，回頭你把那家公司的名字，和你想辦什麼事都跟小王說一下，讓他記得幫我排個時間，我給呂紀打個電話。」

湯言立即說：「謝謝爸爸。」

父親又說：「既然你打算做這家公司，說明你對傅華心中的怨氣還沒消，那你打他就不純是因爲小曼了，對吧？」

湯言否認說：「也不是，我做那家公司真是因爲有利可圖。」

父親冷笑道：「兒子，你別騙我了，知子莫若父，你在想什麼，我心裏很清楚，你心中還是沒把鄭莉放下來，你做這麼多，無非是想證明給鄭莉看你比傅華強而已。」

湯言臉上紅了一下，說：「也不是了。」

父親說：「什麼也不是，你根本就是這麼想的。但是兒子，你這麼做就是大錯特錯了。鄭莉那孩子跟你的想法根本就是南轅北轍，你越是這麼做，她可能越討厭你。話說回

來，你有些事情的做法，別說她討厭，我也討厭。小言啊，你是不是覺得你很了不起啊？還是你覺得你賺的錢太多了，多到都滿出來了呢？」

湯言尷尬的說：「爸爸，你怎麼這麼說我呢？錢都是我賺的，我享受一下不行啊？」

父親教訓說：「我沒說你享受一下不行，但是有必要這麼高調嗎？一千多萬的車子坐在屁股底下，滋味就很好嗎？」

湯言並沒有告訴父親自己在開什麼車，便說：「我買邁巴赫的事情，王秘書跟你說了？」

父親說：「這件事他倒是幫你瞞著我呢，是前幾天我跟一位老朋友聊天，人家稱讚你，說你有本事，開了個一千多萬的車子，在北京要多拉風有多拉風。」

湯言說：「那我也沒什麼錯啊？我威風一下也沒妨礙到別人，錢是我自己賺的，又不是貪污受賄來的。」

父親忍不住說：「小言，你現在真是自大得很啊，動不動就說什麼錢是你自己賺的，你如果不是我兒子，能賺這麼多錢嗎？就算這些錢都是你自己賺的，需要這樣子顯擺嗎？就我所知，官場上，哪個人如果飛揚跋扈了，那他就離倒臺的日子不遠了。商場跟官場也差不多，你看那個胡雪巖不就是太飛揚跋扈了，才會在一夜之間倒臺的嗎？這都是活生生的例子，你應該從中吸取教訓。你那輛邁巴赫太扎眼了，趕緊給我處理掉。」

湯言不情願地說：「這不礙事吧？我也就是偶爾開開。」

父親訓斥說：「什麼叫不礙事啊？你別忘了，你還有一層身分，你是我兒子，爸爸是做官的，上上下下多少人在盯著我啊？沒事人家還想找事呢。爸爸能有今天這個地位不容易，我可不希望因爲你栽了跟頭。」

湯言無奈地說：「好啦好啦，我處理掉就是了。」

父親又說：「再是傅華的事，小言啊，鄭莉這個女孩是很好，但是你的行事風格根本就跟人家不對路嘛，所以你還是趕緊把她放下吧。不要再去爲了她跟什麼傅華鬥了。你也老大不小了，趕緊找個合適的女人娶了，我和你媽還等著抱孫子呢。」

湯言嘆說：「我也想啊，但是沒合適的。」

父親勸說：「你也別挑了，女人就那麼一回事，鄭莉那種女孩子畢竟是少數，找個各方面條件都能過得去的就可以了。」

湯言堅持說：「這個我可不能聽你的，這方面我不想隨便。」

父親說：「那就隨你了。還有啊，回頭你去給傅華道個歉吧。」

湯言急說：「爸爸，你這是幹嘛啊？我憑什麼給他道歉啊？我又沒打錯。」

父親說：「你別這樣子，明知道是怎麼一回事，還硬是要賴。」

湯言辯說：「我沒有，我覺得我沒打錯他。爸爸你也是的，你不相信我，反而去信一個外人。」

父親笑笑說：「你怎麼這麼倔呢。你要知道，你這麼仇視傅華，小曼心中一定會對傅華有所歉疚，那樣反而會拉近她跟傅華之間的距離，你不想你妹妹跟他越走越近吧？」

湯言說：「我當然不想了。」

父親說：「再說，就算你要跟他鬥，像你這種只會仇視人家，整人家的方式也是最低級的。高明的人，要讓對方心服口服才行。現在明明就是人家幫了你妹妹，你卻打了人家，從道義上，人家就已經占了上風，你還跟人家鬥個什麼勁啊？」

湯言惱火地說：「反正我就是贏不了他，對吧？」

父親苦口勸道：「好啦，別鑽牛角尖了，去跟他道個歉，你就會發現，不但小曼不會再跟你鬧彆扭，你自己也能從中解脫出來的。你試試吧，聽我的沒錯。」

湯言只好說：「好吧，我就試試看好了。」

湯言雖然答應了父親，但是心中並不完全認同父親說的。只有一點他是認同的，那就是他不道歉，小曼對傅華確實會有歉疚的心理，因而很可能跟傅華越走越近，這是他最不想看到的。

再是，海川重機重組即將正式開始，湯言也不希望有人會在這個時候出來搗亂，而傅華是對重組全盤情況都掌握的人，如果跟他保持敵對狀態，對重組也並不是很有利。從這方面去看，退一步跟傅華修好，倒未嘗不是件有利於自己的事。

第二天上午十點，海川大廈，傅華的辦公室。

傅華正在電話中跟一個官員談項目報批的事情，門被敲了幾下，滿臉笑容的湯曼走了進來，說：「傅哥，你看誰來了？」

傅華捂著話筒對湯曼說：「小曼，我這個電話很重要，你先把他請進來坐。我打完電話再跟你說，行嗎？」

湯曼點點頭，說：「行啊，工作重要，你打你的電話好了。」

這時，湯言才在湯曼身後走了進來，滿臉陰沉的說：「傅主任還真是很忙啊？」

傅華愣了一下，說：「是湯少啊？」

湯言高傲地說：「怎麼，你這裏我不能來嗎？」

傅華笑笑說：「能來，怎麼不能來，你先請坐，等我打完這個電話。」

湯言感到有些被怠慢了，剛想說什麼，卻看到湯曼哀求的眼神，便揮了揮手：「好了，打吧打吧。」

傅華就繼續講他的電話，他知道湯言沒有什麼耐性，想趕快結束通話，無奈對方要交代的事很多，他又不好催促對方，就講了不短的時間。

湯言坐在那裏冷眼看著傅華，他覺得傅華是故意在拖延，幾次都站起來準備走人了，但是看到一旁用眼神苦苦哀求看著他的湯曼，只好耐住性子，繼續等著。

好不容易講完了，傅華趕忙道歉說：「湯少，不好意思啊，害你等這麼久。」

湯言沒好氣地擺擺手說：「無所謂了，反正我今天是來跟你道歉的，等你一會兒也是應該的。」

「道歉？」

傅華一下沒反應過來，他沒想到湯言兄妹是專程趕來道歉的，就看了看湯曼。

湯曼解釋說：「傅哥，是這樣子的，我哥終於意識到那天他是錯打了你，所以才讓我帶他過來跟你道歉的。」

湯言便說：「對不起啦，傅主任，那天是我打錯了。」

雖然傅華從湯言臉上看不出多少道歉的誠意來，但是他肯開這個口，已經是難能可貴的了，傅華便笑了笑說：「湯少不用這麼客氣了，其實沒什麼的，我早就忘了。」

湯言心說：就會說輕巧話，你心裏還不知道怎麼恨我呢，嘴上卻說：「雖然傅主任大人大量忘記了，但是我打錯就應該道歉的，希望你能原諒我。」

湯言這句話還算展現了一點誠意，傅華便說：「好，我接受你的道歉了，我們這段就算過去啦，以後大家都不要再提了，好嗎？」

湯曼高興地說：「就聽傅哥的。」

湯言看看傅華，說：「還有件事我想跟你說一下，我開始要著手進行海川重機的重組了，有一點我希望你明白，我只是爲了生意，並不是要針對你。」

傅華笑笑說：「你放心好了，我不會干預這件事的，我也無權干預。只希望湯少你能找一個對海川重機比較有利的方案出來。當然，這也只是我的一個願望而已，我沒權利要求你這麼做的。」

湯言心說：你知道自己沒權，還說這種漂亮的廢話幹什麼？別說，爸爸說的真對，去掉鄭莉的因素，這個傅華還真是不値一哂的。

漂亮話大家都會說，湯言便也笑笑說：「傅主任跟我想到一起去了，我也是這麼認爲的，只有大家都能得到好處，才能實現共贏嘛。」

鼎福俱樂部，董事長辦公室。

方晶手拿著一杯紅酒，站在窗前，望著窗外燈火通明的北京城。

作爲一個俱樂部的經營者，夜晚才是她的世界，她喜歡在夜深的時候，看著被街燈照亮如白晝的城市，這給她一種輝煌的感覺，恍如置身於一幅恢弘的畫卷中，你就是畫中人，跟所有畫中的景物共用這一刻的美妙。

北京不愧是首都，全國的精華薈萃之地，這裏的氣勢，國內沒有一個城市堪與比肩。

這時，方晶不禁想起了江北省的江都市，跟眼前的北京比起來，江都就像一個農村的鄉鎮，土得掉渣。

想到這裏，方晶臉上露出了笑容，想當年自己初到江都的時候，也是像今天一樣，心中感嘆著江都的繁華。江都也許比北京差得很多，但是比起自己的家鄉，已經是天堂了。

方晶是去江都上大學的，她以優異的成績進了江北大學政治系，夢想著像電視裏面演的那樣，用知識改變命運。至今她還記得自己進大學時許下的第一個願望，是要好好用功，以優異的成績留在江都市。

現在回想起來，這個願望似乎很好笑，自己現在是擁有北京戶口的北京人，還在城內擁有這家豪華會所，比留在江都不知道要強上多少倍。

但是那時候，她想實現那個願望卻是十分的艱難，即使自己的成績始終是名列前茅，但是臨畢業前，她寄出去的履歷卻如石沈大海，人家對她這個政治系的高材生興趣缺缺，她已經都準備打包回到閉塞的家鄉小城了。

就在這個時候，方晶遇到了省長林鈞，命運的羅盤在那一刻來了個大逆轉。

想到林鈞，方晶的眼眶濕潤了，她的視線不再流連在燈火通明的街道上，而是看向一片漆黑的夜空，心中不禁默念道：「鈞，你在天國還好嗎？」

方晶忍不住伸手輕輕撫摸起自己修長白皙的脖子來，就好像林鈞在撫摸她一樣。

林鈞跟她在一起的時候，總喜歡這麼撫摸她，稱她的脖子爲玉頸。每每他撫摸著她的玉頸，親吻著她的胴體的時候，她總是能被他喚起全部的感官刺激，身體顫慄，熱血賁張，渴望被他全部的佔有。

但是這種美妙的感覺在林鈞魂歸天國之後，方晶就再沒有享受到了。

這倒不是說她爲了林鈞守身如玉，她還沒那麼堅貞，而是再沒有一個男人能夠像林鈞那樣，那麼能喚起她全部的激情。

方晶知道外面很多人都認爲她做林鈞的情婦，是貪圖林鈞的省長權勢，但她很清楚，並不是這樣，她和林鈞是真心喜歡彼此的。

方晶第一次見到林鈞，是林鈞到大學演講那次，方晶看到林鈞第一眼，心裏就有一種震撼的感覺，那種震撼來自靈魂深處，那一刻，方晶馬上就知道這個男人是應該屬於自己的，他們前世一定有一段孽緣。

其後她的行徑就像中了邪一樣的不可思議。

林鈞演講完，開放學生提問，方晶第一個站起來提問，這時她注意到，林鈞看她的那一瞬間，身子也顫慄了一下，她便明白林鈞對她的感覺是一樣的。

這壯了方晶的膽，對省長也許還需要心存幾分畏懼，對情郎，她卻可以肆意的發揮，她的問題就尖銳了起來，而口齒便給的林鈞卻變得有些結巴，好不容易才勉強把她的問題應付了過去。

林鈞的結巴讓方晶的膽子更大了起來，大省長什麼沒見過啊，怎麼會在小女子面前緊張呢，他緊張，肯定是對自己有了異樣的感覺。

因此在林鈞走出教室的那一刻，她勇敢的衝了出去，追上他，喊了一句：「林省長，我有話跟你說，就一句話。」

林鈞聽到了她的喊話，停下來，回頭看了看她。

方晶心都提到嗓子眼了，如果這個男人不肯聽她講話的話，可能這輩子他就會從她的生活裏消失了，他們也就再沒機會接觸了。

這一刻，時間像是凝固了，方晶的心揪緊著，緊到都有痛的感覺。

方晶看到林鈞遲疑了一下，最後還是從簇擁著他的人群中走了出來。

他走得不快，但是很有力，每一步都像重錘一樣擊打在方晶的心臟上，等他走到方晶的身邊時，方晶感覺渾身都沒了氣力，幾乎快站不穩了。

林鈞笑笑說：「這位同學，你要跟我說什麼？」

林鈞個子高高的，不帥，不是那種現在流行的奶油氣十足的那種花美男，雖然有點大男人，但是他剛毅的臉上綻開的笑容，卻洋溢著男人成熟的魅力。

這給了方晶勇氣，她直視著林鈞的眼睛，聲音不大卻堅定的說：「你把我安排到省政府裏去，因爲我想離你近一點。」

林鈞怔了一下，旋即笑笑說：「這位同學真會開玩笑。」

林鈞沒再說什麼，轉身回到簇擁他的人群中，離開了。

方晶站在那裏，呆呆地看著林鈞離開，心中很期望林鈞能回頭看看她，哪怕只是偷偷的一瞥，但是她失望了，林鈞沒有回頭，直直的就離開了。

方晶覺得自己傻得可以，僅僅憑一種靠不住的感覺，就想要一省之長把她安排進省政府，簡直是開天大的玩笑。

但是後面發生的事，證明她的冒險是對的，省政府很快就來調她的檔案，她被安排進省政府辦公廳，做一個寫資料的普通科員。

方晶欣喜若狂，她相信自己能進省政府辦公廳，林鈞一定是做了什麼。

然而現實和期待是有很大距離的，省長和小科員之間的距離更大。方晶和林鈞根本就沒機會有親密的接觸。林鈞光彩奪目，身邊總是簇擁著一大群人，就算經過方晶的身邊，他也是目不斜視，根本就不去注意她這個黯淡無光的小科員。

那段時光對方晶來說是煎熬的，她喜歡的男人近在咫尺，她卻無法逾越過這咫尺的距離，將他擁進懷裏，只能在背地裏幻想著擁有他帶來的快樂。

越是幻想，這種痛苦就越深，終於到了她能承受的極限，她覺得自己再不去告訴林鈞，她可能就要崩潰了。於是她什麼都不管了，在桌上隨便拿了一份文件，就衝去了林鈞的辦公室。

秘書想要阻攔她，她衝著秘書嚷道：「這是林省長讓我親自送給他看的，你攔我，出了問題你負責？」

兩人的吵嚷聲驚動了林鈞，林鈞推開辦公室的門看了一下，看到她愣住了，只說了句：「方晶，你找我？」

方晶聽林鈞喊出了她的名字，就衝著林鈞叫道：「林省長，他不讓我見你。」

林鈞瞅了秘書一眼，說：「行了，讓她進來吧。」

秘書就不再阻攔，放方晶進了林鈞的辦公室。

林鈞坐回他的座位，看著方晶說：「你手裏拿的是什麼啊，給我看看。」

方晶把手裏的文件遞給林鈞。

林鈞看了看，沒搞明白怎麼回事，便問道：「這是我主持會議的會議紀要，你拿給我幹什麼？」

方晶盯著林鈞的眼睛，認真地說：「我不是讓你看文件的，我是讓你看我的。」

林鈞愣了一下，看了方晶一眼，笑了笑說：「奇怪了，你有什麼好看的？」

方晶說：「我來是想讓你看看我，看你是否還記得我這個人，沒想到你連我的名字都能喊得出來，不用說你是記得我的。」

林鈞笑笑說：「既然你已經達到目的了，那你是不是可以離開了？」

方晶說：「達到目的，沒有啊？」

林鈞正色說：「方晶，你還要幹嘛啊？這裏是省長辦公室，不是任由你胡鬧的地方，你趕緊離開，否則的話，別說我對你不客氣啊。」

方晶笑了，說：「林鈞，我沒想你會對我客氣，我也不會對你客氣的。」

林鈞有點不知所措，他不明白眼前這個女人究竟想要幹什麼，正想要發問，方晶已經衝到他面前，抱住他，深情地吻了下去。

林鈞開始還想推開她，但是很快就不再掙扎，被她完全帶動了，兩人的香舌緊緊地糾纏在一起。

時間好像完全停止了，兩人拼命抱緊對方，都想把對方融進自己的身體裏。直到外面有人敲門，林鈞才飛快的推開了她。

秘書探頭進來，說：「省長，開會的時間到了。」

林鈞慌張地說：「我知道，先等一下，我跟小方還有幾句話要說。」

秘書知趣地退了出去。

林鈞瞪了方晶一眼，說：「你這是幹嘛，這是辦公室啊！」

方晶知道林鈞已經接受她了，便說：「我不管，你把我安排進省政府，卻對我不聞不問，我受不了了，再不來找你，我會瘋掉的。」

林鈞看了方晶一眼，心中也有些不捨，便說：「我馬上就要開會了，你先出去吧。」

方晶任性地說：「我不出去，除非你告訴我，下次什麼時間才能見我？」

林鈞擔心秘書會再進來催他，就遞給方晶一把鑰匙，說：「我沒時間跟你說了，這是江都大酒店的鑰匙，房間號碼在上面，晚上你去那裏等我吧。」

方晶把鑰匙接了過去，這才離開了省長辦公室。

第五章

生存法則

雖然有馬睿罩著，但不代表方晶這家俱樂部就開得一帆風順。
北京是個龍蛇混雜的地方，各方勢力不斷地來侵擾俱樂部的經營，
方晶慢慢領會出這個社會弱肉強食的生存法則，開始用盡一切手段尋找自己的生存空間。

晚上，方晶等到九點，天都很黑了，才偷偷的跑去江都大酒店。打開房門時，她的心撲撲直跳，見了林鈞她要說什麼呢？直接說我想跟你在一起嗎？門吱呀一聲開了，裏面只開了壁燈，房間裏顯得有些暗，靜悄悄的，沒有人在裏面的樣子。

方晶關上門，看了看，裏面一個人都沒有，林鈞可能還在外面應酬，還沒回來。

方晶心情放鬆了些，開始打量起房間來。房間很整潔，每樣東西都放得很好，方晶看了看，發現並沒有什麼女人的物品，看來這裏並不是林鈞尋歡作樂的地方，林鈞平常並不帶女人來這裏。

方晶心裏就有點小驕傲了，她能來林鈞不對女人開放的地方，就說明她在林鈞心裏是有著一個特殊的地位。

方晶看完房間的物品，有些無聊，房間內雖然有電視，她卻不敢開，害怕弄出太大的聲響，讓外面的人知道省長屋裏有一個女人，就坐到床上，靜靜地等林鈞回來。也不知道過了多久，方晶熬不住，就倚在床上睡了過去。

睡夢中，方晶感覺有人用手輕輕地愛撫她的脖子，那隻手滑過她的皮膚時，她的肌膚感覺到一種觸電般的酥麻，她的身子蜷曲起來，嘴裏忍不住呻吟了起來。

方晶越來越真切的感受到這隻手的真實性，好像並不是在做夢，不由得睜開了眼睛。

她的感覺沒有欺騙她，確實有一個男人在撫摸她，林鈞不知道什麼時候回來了。

方晶張開嘴剛想問林鈞什麼時候來的，林鈞用嘴堵住了她的嘴，接著，她就領略到一個成熟男人對女人身體那種嫻熟的掌控力。林鈞幾下就跟她融爲了一體。

那晚，林鈞一次又一次用嫻熟的技巧將她帶到了巔峰，她感覺自己在林鈞身下整個融化了，她沒有了身體，輕得就像漂浮在空中的羽毛。

當方晶從夢幻中醒過來時，狠狠地咬了林鈞的肩膀一下，罵道：「你這個壞蛋，爲什麼不早一點讓我遇到啊？」

那一夜的癲狂，至今想起來仍令方晶心潮澎湃，那是她這輩子最瘋狂的時刻，那時的她，只想跟林鈞就這樣子不停的下去，直到天荒地老。

事後林鈞曾經跟方晶談他對她的感受，在看到方晶的第一眼，他就知道自己完了。他一再的告誡自己要冷靜，所以才會在方晶進省政府辦公廳之後對她不聞不問，他想把方晶擱置一段時間，讓自己徹底把她忘掉。

然而，有些事情是註定的，正當林鈞覺得可以忘記的時候，方晶卻在這時失去理智的衝到了他的身邊，讓他壓抑的火山徹底的爆發了，一時天雷勾動地火，再也難以割捨了。

也就是在那一刻起，林鈞開始思考起兩人的未來。他覺得他的年紀要大方晶三十多歲，都可以做方晶的父親了，不能陪伴著方晶終老，需要爲方晶的未來預作安排，於是開始向那些他幫助過的人索取回報。

很快，林鈞就積累起一筆巨額的財富。林鈞做好安排，把錢轉移了一大部分去澳洲，還幫她辦了移民手續。他希望方晶先去澳洲打底，退休後，他再趕去澳洲跟方晶會合。方晶覺得這樣很好，就接受了林鈞的安排。

哪知道方晶剛到澳洲，江北就風雲突變，林鈞被雙規，然後鋃鐺入獄，隨即被判死刑，緊接著執行，這一切快得讓人無法喘息。

方晶得到林鈞最後的訊息，是一個跟林鈞關係很好的朋友傳給她林鈞的遺言，林鈞對方晶說，他這輩子最快樂的事情，就是認識了她，他很慶幸方晶能夠及時出去，他會在天堂裏看方晶幸福得生活的。

想到這裏，方晶的眼淚不覺地流了下來，自己虧欠林鈞太多，甚至一度她覺得自己是紅顏禍水。

沒有了林鈞，她的日子過得並不快樂，身邊圍著的男人們對她總是有著這樣那樣的覬覦之心，再沒有人像林鈞對她那麼的好了。在這個群狼環伺的環境中，她不得不小心的提防著每一個人。

尤其是林鈞剛被處死的那段時間，方晶過得很是煎熬。一方面痛惜情人的死，另一方面也擔心國內會找到什麼線索，查到澳洲去，錢被追回去倒不是她最擔心的，她擔心的是她會被牽連進案子中，得到跟林鈞一樣的下場。

在痛苦和恐懼中過了一段日子之後，方晶終於從朋友那兒得到消息，林鈞的案子告一段落。從公開報導出來的案情來看，林鈞隻字未提方晶的事，方晶跟林鈞的那段過往，隨著林鈞的死，都已經被埋葬了。方晶安然無事。

得到這個消息，方晶喜憂參半，喜的是她終於可以回國了；憂的是，林鈞一案是不是真的劃上了句號？別她一回去，就被當做漏網之魚抓了起來。

猶豫了許久，方晶終於還是收拾行囊，回到國內。因爲有些問題她必須回來解決。

在那段痛苦和恐懼煎熬著方晶的日子裏，有個問題一直盤繞在方晶腦海裏揮之不去。那就是究竟是誰出賣了林鈞。

有人說，林鈞之所以會被雙規，是權力傾軋的結果。林鈞跟當時江北省的常務副省長冷爲是政治上的對手，冷爲跟省委書記谷陽是同一陣營，冷爲一直想借助谷陽的勢力取代林鈞，成爲江北省省長。林鈞的受賄給了他這個機會，讓他一舉打倒了林鈞。

而冷爲之所以掌握到林鈞受賄的把柄，是因爲有人向冷爲提供了港商行賄林鈞的線索。冷爲這才聯合谷陽藉別的事向港商發難，迫使港商供出林鈞受賄的事實。

方晶想找到這個給冷爲提供情報的人。

她知道林鈞做事向來謹慎，就算是急於撈錢做了出格的行爲，他也不會明目張膽的去做這些事。尤其是還涉及到八千萬這麼大的數目。林鈞和港商一定是小心再小心的，只有在林鈞身邊核心的人才會知道這件事。因此能給冷爲提供這個情報的人，一定是林鈞圈子裏的核心人物。

那些核心人物方晶都知道，她急於回國就是想要從中找出這個人來，她要想盡一切手段來報復這個人。

方晶本以爲想找到這個人並不是件難事，只要把事情串聯起來，那個出賣林鈞的人就能呼之欲出，難的是要用什麼方法報復這個人。

但是結果卻大大出乎方晶的意料，她回江都市後四處打聽，卻沒有人能夠告訴她，這個人究竟是誰。

反而方晶的再次出現，觸動了一些人的敏感神經，他們擔心方晶會喚起人們對林鈞的一些不好的回憶，讓一些本來已經塵埃落定的事被再次提起，而受到牽連，於是許多人對方晶避之唯恐不及，甚至打匿名電話來威脅方晶，讓方晶趕緊滾出江北省，滾得越遠越好，不然會對方晶不客氣。

方晶這才意識到林鈞的死，改變了她在江北省的處境，原本簇擁在林鈞身邊的那些勢力，現在已經作鳥獸散了，那些本來因爲林鈞而對她百般巴結的傢伙，現在卻是橫眉冷對，方晶深刻感受到世態的炎涼。

但是方晶並不甘心就這麼離開江都市，她想要找的答案並沒有找到，所以硬著頭皮留了下來，想看看能否找到出賣林鈞的那個人，但依舊是四處碰壁，四處白眼。

就在方晶進退兩難的時候，馬睿在這個時候給她打了電話。

馬睿是林鈞一手提拔起來的，林鈞出事時，他已經是江北省的副省長。他也算是林鈞核心圈裏的人，林鈞和方晶的事他十分清楚。

林鈞出事，並沒有牽連到馬睿，馬睿行事風格比林鈞更爲低調穩健，由於處於上升階段，他身上並沒有什麼亂七八糟的事情。

但是因爲林鈞的關係，馬睿在林鈞出事後，很受冷爲和谷陽的排擠，無法繼續在江北省立足，無奈之下，只好通過關係調到了某部委工作，遠走北京。

幸運的是，到北京的馬睿發展的不錯，現在是某部的常務副部長，接任部長的呼聲很高。馬睿就對方晶說：

「你別留在江都市了，來北京吧。很多人都覺得你礙眼，你如果再留在那裏，恐怕那些人會對你有所行動的。」

方晶說，她想查出出賣林鈞的人，馬睿勸說：

「查什麼查啊，省長已經不在了，這時候誰還會幫你啊？你再查下去，別人可能就要查你了。你跟省長的事，冷爲他們已經聽到風聲了，有消息說，他們想翻舊賬，你再留在江都，恐怕很危險。來北京吧，我們商量看看，你能在北京做點什麼。」

馬睿的話讓她徹底洩了氣，她二話沒說，當天就飛了北京，於是就有了現在這家鼎福俱樂部。

在辦這家俱樂部的時候，馬睿給了她很多的幫助，也動用了一些人脈關係，介紹他們成爲會員，足以支撐著俱樂部的發展。

雖然有馬睿罩著，但並不代表方晶這家俱樂部就開得一帆風順。北京是個龍蛇混雜的地方，各方的勢力不斷地來侵擾俱樂部的經營，方晶在其中慢慢領會出了這個社會弱肉強食的生存法則，開始遊走於各方勢力之間，用盡一切手段尋找自己的生存空間。

正當方晶沉浸在往事裏時，有人敲門，方晶拭去了眼角的淚水，補了一下妝，喊了句進來。

她的助理走進來，說：「湯少到了，您是不是要過去了？」

方晶在這裏就是在等湯言，便說：「我馬上就過去。」

走進包間，只有湯言一個人在喝酒，方晶詫異地說：「怎麼就湯少一個人啊，不是要談合作嗎？鄭董和林董呢？」

湯言說：「他們今天不會過來，他們想讓我跟老闆娘先談一下，如果老闆娘願意了，大家再坐下來談後面的事。」

方晶笑笑說：「這樣也好，你們究竟是想操作什麼項目啊？」

湯言說：「老闆娘既然查過我們的底，就應該知道我和鄭叔是在做資本運作的，這一次，我們想做的是一個上市公司的重組項目。怎麼樣，願不願意參與啊？」

方晶聽了說：「這跟我猜想的差不多，我知道湯少的財技一流，你想做的肯定錯不了，我願意參與。說吧，湯少準備重組哪家上市公司啊？」

湯言慎重地說：「下面我要說出這家公司的名字了，老闆娘，我要先提醒你，等下我所告訴你的一切，在目前這個階段是必須嚴格保守秘密的，不能跟任何人洩露一點，這關係到我們這次合作能不能成功，知道嗎？」

方晶點點頭說：「這個我懂，你說吧。」

湯言說：「我們想操作的是海川市的海川重機。」

方晶看了湯言一眼，說：「海川市，那個傅華不就是海川市的駐京辦主任嗎？湯少，你跟我說實話，這件事跟你的私人恩怨無關吧？先聲明一點啊，我可不想拿我的錢給你去跟別人鬥著玩。」

湯言笑了，說：「這件事倒是跟那個傅華有點關係，也就是因爲他，我才注意到這家公司的。不過，我是覺得有利可圖才做的，可不是因爲私人恩怨，生意人永遠是利益放在第一位的。當然，如果老闆娘覺得我不能做到這一點，現在這時候你要退出還不晚。」

方晶笑了笑說：「我相信你。」

湯言便說：「那我跟你講一下我的操作思路。」

湯言就把他設想的操作手法大致上講給方晶聽，方晶聽完，半晌沒說話，她在思考這個方案的可行度。

湯言也沒有催促方晶，五千萬數目雖然不是太大，卻也不是一筆小錢，方晶是需要一點時間考慮的。

過了一會兒，方晶抬起頭，看了看湯言，說：「湯少，能不能給我兩天時間，我需要好好考慮一下。」

湯言不想顯得他很急於拿到方晶的這筆錢，便笑笑說：

「行啊，就給你兩天時間，不過你要快點做決定，過了這兩天，我們就不算你這一份啦。還有，這期間一定要保密啊。」

方晶保證說：「這你放心吧，我會嚴守秘密的。那行，你繼續玩，我出去了。」

方晶就回到自己辦公室，一坐下來，就打電話給馬睿，問說：「我想問你一下，東海省那邊你有沒有熟人？」

馬睿聽了說：「東海省，你想幹什麼？」

方晶說：「我有個項目涉及到東海省的一家企業，想找人問問這家企業的情況。」

馬睿想了想說：「莫克現在在東海省委，好像是省委的副秘書長。」

方晶愣了一下，說：「莫克去了東海省？」

這個莫克也是林鈞圈子的人，他是林鈞身邊的高參，是政策研究室的主任，算是當時方晶的上司。方晶還記得莫克的樣子，很憨厚的一個人。

莫克有一個長處，就是很能把握時下政治發展的脈絡，因此林鈞對他很欣賞。但是他總覺得莫克是搞政策研究的，學究氣重了一點，所以並沒有太重用他。

馬睿說：「是啊，莫克是東海省人，省長出事後，莫克在江北省也很不被人待見，就想辦法調去了東海省。他的政治頭腦還不錯，東海省委書記郭奎對他還算欣賞，就混了個副秘書長做了。」

方晶說：「你跟他還有聯繫嗎？我能直接找他嗎？」

馬睿笑說：「怎麼不能啊，你在省政府的時候，他還是你的上司呢。據說他很欣賞你，稱讚過你寫的資料。你直接找他好了，他肯定會幫忙的，我給你他的號碼。」

方晶想起自己在省政府的時候，莫克對她很友善，似乎真是很欣賞自己，便笑笑說：「那行，我直接找他好了。」

掛了馬睿的電話，方晶看看時間有點晚了，這時候打給莫克似乎有點不禮貌，就沒撥電話給莫克。

她給自己倒了杯酒，邊品酒，邊思索著這個操作項目，她相信湯言會把這個項目做好，只是她手裏的錢都是林鈞用生命換來的，她必須儘量保證不受損失，因此必須多加些小心才行。

第二天，方晶起來已經是中午了，她拿了馬睿給他的號碼，把電話撥給了莫克。

電話響了一會兒，莫克才接通，疑惑的問道：「我是莫克，哪位找我？」

方晶笑笑說：「是我啊，莫副秘書長，方晶啊！」

莫克並沒有馬上想起方晶來，反問了一句：「方晶？那個方晶啊？」

方晶說：「您真是貴人多忘事啊，還有哪個方晶啊，就是在江北省政府辦公廳給您做過屬下的方晶啊。」

莫克的記憶之門打開了，他笑了起來，說：「不好意思啊，我一時沒想起來，你不是移民澳洲了嗎？什麼時間回來的，現在在哪裡啊？」

方晶笑了笑說：「我回來有一段時間了，現在在北京，開了一家會所，什麼時間您到北京來，可以到我的會所來玩啊。馬睿副部長有空都會到我這裏來的，你的號碼就是他給我的。」

莫克開玩笑說：「看來你是發達啦，在北京都開起會所來了。行啊，什麼時間去北京，我會去找你的，我們真是有好幾年沒見了。對了，你找我有什麼事嗎？」

方晶說：「是這樣子的，一個朋友介紹了一個項目給我，是在你們東海省的海川市，我就問馬睿副部長，他在東海這邊有沒有熟人，他就讓我來找你了。」

方晶一直把馬睿掛在嘴邊，是害怕吃閉門羹。林鈞已經不在了，方晶沒有能令莫克幫忙的本錢，只有藉馬睿的名頭了。

莫克笑笑說：「你生意的觸角伸到我們東海省來啦，歡迎啊，不過海川那邊的情形我倒不是很熟，你想問哪一家企業啊，跟我說一下，我看看能不能找人幫你問一下。」

方晶就說了海川重機的名字，她沒有說她要參與公司重組，而是說有人建議她把這家公司買下來，所以想找人瞭解一下情況。

莫克聽了說：「恐怕你被騙了，這家公司的情況我多少瞭解一點，前些日子還有工人來省委上訪呢，把省委大院的門都給堵住了，要省委幫忙解決他們的工資問題。這是一家資產狀況很糟的公司，我勸你還是別碰了。」

方晶詫異地說：「是這樣啊，可是介紹給我這家公司的人，是我一個好朋友啊，他怎麼會騙我呢？」

莫克忍不住說：「商業上的這些爾虞我詐很正常啊，方晶，你這樣天真，很容易被騙的啊。」

方晶甜甜地說：「我就是擔心被騙，才會找您瞭解情況的。您看這樣好不好，幫我弄一份這個公司的詳細資料，我研究一下，心中好有數。」

莫克一口應承說：「這簡單，回頭我讓海川那邊弄一份給你。」

方晶趕忙說：「那我先謝謝您了。」

莫克笑笑說：「不用這麼客氣。方晶，你現在過得怎麼樣，結婚了嗎？」

方晶笑說：「沒有啊，我這人，姥姥不親，舅舅不愛的，誰要啊？」

莫克取笑說：「是你眼光太高了吧？」

方晶嘆說：「也不是，就是沒碰到合適的。誒，您怎麼樣，跟嫂子過得很好吧？」

莫克回說：「還不是就那個樣子，很平淡啊，說不上好也說不上壞，馬馬虎虎過日子吧。」

方晶笑笑說：「平淡就是福啊。什麼時間帶嫂子來北京吧，我來安排，保證你們玩得盡興。」

莫克高興地說：「行啊，要去之前我會給你打電話的。」

掛了電話後，方晶撇了撇嘴。

不知道怎麼回事，她感覺莫克雖然顯得很熱情，但是骨子裏卻透著一股虛假的味道。

別人或許不知道她回過江北省，莫克不應該不知道吧，他是從江北省省政府出來的，現在又身在官場，消息一定很靈通，卻說不知道她什麼時候回國的，這不是很奇怪嗎。

海川。

張琳終於摸清雲龍公司在白灘開發的旅遊度假區項目的來龍去脈了，知道雲龍公司是穆廣做副市長時引進來的，錢總跟穆廣關係相當的鐵。

雲龍公司假借開發旅遊度假區名義，實際上卻是掛羊頭賣狗肉，蓋的是高爾夫球場。這本已違規了；更過分的是，雲龍公司還在球場附近開發了一批低密度建案。

所謂的低密度建案，一看便知就是別墅。雲龍公司這麼做，意圖很明顯，是想借高爾夫球場帶動別墅的銷售，以別墅的收入彌補高爾夫球場的高金額投入。

高爾夫球場回本週期長，見效慢，別墅則是建成就可以銷售，而且因爲國家限制別墅項目，這些限制反而成了暴利的來源。

張琳不禁暗自搖頭，這些下面的官員膽子也太大了吧，這明顯是個雙重違規的項目，竟然明目張膽的就建在白灘，而且居然還經過區市省三級政府機構審核，確認爲重點招商保護項目。

就衝著這些，金達這個市長就必須要負上行政責任的，更何況金達的老婆還是雲龍公司的顧問。

正當他還在猶豫要不要直接去找郭奎告狀的時候，郭奎倒先來找他了。郭奎讓他去省裏見他，說有話要跟他談。

張琳的第六感告訴他，郭奎一定是想跟他談雲龍公司的事，也好，這給了他說出實情的機會。只要郭奎問起，他就把事情全盤托出。

張琳就把資料準備好，坐上車趕往齊州了。

幾小時後，張琳到了郭奎的辦公室。

郭奎見到張琳十分的熱情，說：「張同志，一路上趕得很急吧，先坐下休息一下。」

郭奎的熱情反讓張琳有點搞不清楚狀況，按說，他跟金達鬧成現在這種水火不容的狀況，郭奎是不應該這麼熱情對他的。他笑了笑，說：

「謝謝郭書記的關心，其實也不太累，我們很多時候都是坐著車四處跑來跑去的，早就適應了。」

郭奎就把張琳讓到沙發上坐下，秘書進來送上茶，張琳喝了口茶，放下茶杯，看看一直沒開口的郭奎，問道：「郭書記，您叫我來，是有什麼指示啊？」

郭奎笑了笑說：「張同志，我找你來，是因爲我聽到一些人向我反映你們海川市班子處得不好的情況，就想找你來談一談。那個舊城改造項目究竟是怎麼回事啊？爲什麼你和金達會在常委會上鬧得那麼凶啊？」

張琳乾笑了一下，說：「郭書記，我跟金達同志之所以發生衝突，是因為我們倆在招標這件事上的理念有所不同。金達同志是一個完美主義者，他無法容忍競標方提出來的方案不夠完美。但是我覺得，舊城改造項目搞了這麼久，總要有個結果出來吧，就選擇了一家看上去還不錯的公司，想說方案不完美，可以在進行中改進嘛。但是金達同志就是不肯接受，我看怎麼也說服不了他，一時衝動就宣布流標了。」

郭奎笑了笑說：「這件事，我跟金達瞭解過了，情形跟你說的差不多。當時我嚴肅的批評了金達同志這種不合群的做法，批評他不該這麼不尊重你這個市委書記。意見有分歧可以私下溝通嘛，在常委會上跟搭班子的班長吵架，這算是怎麼一回事啊！」

郭奎這麼說金達，張琳反而覺得有點不好意思了，他趕緊說：「其實我也有做得不好的地方，我也不該跟金達同志吵架的，應該克制自己。」

郭奎聽了，滿意地說：

「張同志，你這個態度就對了嘛，大家搭班子，磕磕碰碰是難免的，關鍵是如何正確處理這些歧見，處理好了，班子和諧了，工作也就能很好的開展了。舊城改造項目競標這件事，我希望你們能夠引以為戒，不要讓我再看到類似的事情發生了。」

郭奎大談團結經，這種氛圍自然是不適合再告金達的狀了，張琳便笑笑說：「我會謹記郭書記的教誨，一定跟金達同志處理好關係的。」

郭奎說：「這話可是你自己說的，希望你能說到做到。」

張琳點點頭說：「我一定能做到的。」

目前的談話效果，郭奎還算滿意，張琳表態願意跟金達維持和諧關係，也許就不需要把其中的一個人調開了。

不過郭奎還是擔心張琳跟他玩陰一套陽一套的手法，現在答應得好好的，別到時候回過頭來，省委領導們又接到了關於金達老婆擔任雲龍公司顧問的舉報信出來，這必須要警告張琳一下，便說：

「既然你說能做到，那雲龍公司那個旅遊度假區項目，你就不要再管了。」

張琳心裏咯登一聲，郭奎繞了半天，原來還是爲了金達跟雲龍公司這件事啊。他這是想借著團結的幌子，要自己把事情給壓下去嗎？

張琳就有點惱火，心說：哼，金達在常委會上讓我下不來台，你不管，等金達出事了，你才想幫他跟我緩頰啊？你也太偏向你心愛的弟子了吧？好啊，既然你提出了這個話題，我索性就把事情全部端出來，看你怎麼處理金達。

郭奎這種偏頗的態度，成了壓倒駱駝的最後一根稻草，張琳本是一個性格懦弱的人，卻因爲這些年受到金達的壓制，到了一個爆發的臨界點了。他要讓郭奎無法再爲金達遮掩，從而逼著省委必須處分金達。

張琳壯著膽子，打開了手提包，把收集的資料拿了出來。

郭奎看到張琳打開手提包往外拿資料時，心裏就涼了半截，看來他想調和金達和張琳的想法是無法實現了。這架勢根本就是準備跟金達決一死戰的，這種狀況下，還有什麼調和的餘地啊？

郭奎的臉沉了下來，冷眼看著張琳，他想看看張琳如何表演。

張琳說：「郭書記，您說的雲龍公司這個旅遊度假區，我正想跟你彙報一下呢。」

郭奎笑了笑說：「看來你資料準備的很詳細啊，來之前做了很多的調查工作吧。」

張琳看郭奎臉色如常，心裏有點打鼓，似乎郭奎並不怕他把雲龍公司和金達的違規行爲揭露出來，不過開弓沒有回頭箭，他只有硬著頭皮說下去了：

「郭書記，不是我刻意去查，而是這裏面存在著嚴重的違規行爲，就是您，恐怕也是無法視而不見的。」

郭奎瞅了張琳一眼，說：「張同志，我從來沒發現你說話這麼逗啊，不是刻意去查，竟然還查到了這麼多的資料，如果刻意去查，那會查出多少資料來啊？好了，不要這麼多的掩飾了，直接說你都查到了些什麼吧。」

張琳自然聽得出郭奎話裏的譏誚意思，尷尬的說：「據我調查，雲龍公司所開發的旅遊度假區，根本就是高爾夫球場的幌子……」

張琳就開始講起雲龍公司違規的情況，郭奎坐在那兒，靜靜的聽他把這些資料一一道來，沒插一句話，也沒做任何的表示。

郭奎的平靜讓張琳越講心中越是沒底，這跟他的預想很不一樣，郭奎不應該這麼平靜的，就算是他涵養功夫到家，起碼也該多少表現出生氣的樣子吧？難道他早有什麼高招應對他了嗎？

講到最後，張琳額頭的汗都下來了，因爲他看到郭奎臉上的笑意越來越盛了。

等張琳講完，郭奎笑笑說：「你查到的就這些嗎？」

張琳不清楚郭奎的意圖，乾笑說：「是呀，我能查到的就這麼多了。」

郭奎說：「我看你拿資料的架勢，還以爲這是全部資料呢，沒想到你查到的只是冰山一角，遠遠不夠啊。」

張琳愣了一下，說：「冰山一角？難道金達還有別的問題嗎？」

郭奎不禁說道：「張琳啊，你看你這個看問題的思路，一來就是金達還有別的問題嗎？這就是你潛意識中覺得這件事是金達的問題，看來你對金達的意見很大啊。原本我覺得你和金達的衝突，是金達對你不夠尊重的緣故，現在看來，問題不僅僅在金達身上，你一直對金達心存成見，對吧？」

張琳趕忙否認說：「我沒有，我對金達沒有成見。」

郭奎冷哼說：「你對他沒有成見，那怎麼我一說你調查的還不夠，你就說他還有別的問題？」

張琳趕忙辯解說：「那是因爲金達在這件事中扮演很關鍵的角色，他老婆又是這家公司的顧問，您說我調查的還不夠，我就以爲是不是金達還有受賄的情節存在，我沒有別的意思的。」

郭奎看了看張琳，說：「張琳啊，要瞭解一個人還真是不容易，我們做上下級也有些年頭了，我以爲你這個人雖然個性偏弱一點，但爲人還算正直。今天看來，你還有狡詐的一面啊，我真是看走眼了。」

張琳氣急敗壞地說：「我不懂郭書記你是什麼意思，我這個人向來是有什麼說什麼的，難道金達在這件事上沒有犯錯嗎？」

郭奎嘆說：「你到這時候還不忘繼續往金達身上潑髒水，這不是狡詐是什麼？」

郭奎對張琳的人品給了狡詐的評價，意味著在郭奎心中，對張琳的印象壞到了極點了。不過，張琳並沒有被嚇住，此刻他的心情反而平靜了下來，鎮定地對郭奎說：

「郭書記，我沒有狡詐，我只是實事求是的查明了金達的違規行爲，作爲黨的幹部，我必須向上級彙報這件事情，並要求上級領導查處金達的這種違規行爲。」

郭奎笑著對張琳說：「張琳啊，我如果不準備處分金達，你要怎麼辦？」

張琳被嗆了一下，知道反正已經得罪了郭奎，硬扛下去說不定還能拉著金達一起死。他便看了看郭奎，說：「郭書記，您不能這個樣子，您是東海省一省的省委書記，可不是金達一個人的省委書記，我希望您能遵守組織紀律，對金達同志嚴肅處理。如果你一味的徇私，不但我不服，全省的幹部都不會服的。」

郭奎搖搖頭說：「張琳啊，你今天真是讓我刮目相看了，原來你也可以強硬起來啊？表演得不錯嘛，可惜這些你都沒用到正道上，只用在了跟金達的勾心鬥角上了。」

張琳說：「郭書記您錯了，我向您反映這些，不是因為我跟金達的私人恩怨，而是因為我有管理好海川市幹部的責任。金達的行為嚴重的違規，組織上必須嚴肅處理，否則我們無法向海川市的廣大幹部交代。」

郭奎看著張琳，口氣嚴厲了起來，說：「你別一口一個組織，一口一個廣大幹部，好像你站在正確的立場上一樣。既然你已經調查了半天了，那你告訴我，金達在這件事情上錯在哪裡了？」

郭奎拿出了省委書記的威嚴，張琳後背就有點發麻，他對郭奎的敬畏由來已久，此刻說話便開始結巴了起來：「金……金達是海川市的市長，海川市內發生如此重大的違規事件……，他應該…負起領導責任的。」

郭奎搖搖頭，說：「行了，你查了半天就查出這麼點似是而非的東西啊？還拿著這個當做武器攻擊金達，真是可笑。我來告訴你吧，雲龍公司那個旅遊度假區是穆廣引進的項目，其後的一切事務都是在穆廣的關照之下進行。對這件事情負有直接領導責任的是穆廣，不是金達。至於金達老婆在雲龍公司做顧問，也只是給雲龍公司做景觀方面的顧問工作，雖然可能社會觀感不佳，但事先金達並不知情，他知道這個情況後，也及時跟省委作了彙報。情況就是這樣，現在如果你做這個省委書記，你要怎麼處分金達啊？」

張琳說不出話來了，如果直接責任人是穆廣的話，追究到穆廣便足以向社會公眾交代了，金達只會被省委批評幾句就能過關。這種情況下，即使省委做再嚴厲的處分，對金達來說也只是皮毛之傷，無法傷筋動骨的。

難怪郭奎氣定神閒，根本就不在乎自己拿出來的資料，因爲郭奎早就知道這些資料沒什麼殺傷力。

郭奎看張琳呆在那裏的樣子，冷笑一聲，說：「你說金達作爲市長，對此必須負上領導責任，你可別忘了，這裏面還有省級機關的問題，雲龍公司那個招商保護項目可是經過省政府有關部門核准的，你要不要也去查一下，看看呂紀省長是不是需要爲此負上領導責任啊？」

郭奎談到呂紀，讓張琳頓時驚出一身冷汗，他這才發現自己見獵心喜，以爲可以打倒金達，卻疏忽了其他方面的考慮。

現在正處於交接班的敏感時期，對即將接任省委書記的呂紀來說，穩定勝過一切。此時如果鬧出一個牽涉到省政府的大型違規案件，最受傷的並不是郭奎和金達，反而可能是省長呂紀。

說不定呂紀的任用就會橫生變數。呂紀如果不能順利接替郭奎，一定會將他恨之入骨的。那東海省即使沒有了郭奎，他的日子也別想好過了。

張琳忽略了東海省目前的大形勢，在這個大形勢之下，恐怕不僅是郭奎、呂紀想要穩定，就連他的後臺孟副省長也是想要穩定的，因為只有呂紀順利接任省委書記，省長的位置才會空出來，孟副省長也才有機會上位。

郭奎看張琳滿頭大汗，一句話都說不出來，冷笑一聲說：「張琳啊，你雖然軟弱，但不是個笨人，如果你不是一味的要跟金達別這個苗頭，又怎麼會這麼衝動的什麼都不顧了？你也別在這裏站著了，回去吧。」

張琳看著郭奎，苦笑說：「郭書記，我錯了，是我一時鬼迷心竅，回去之後，我一定會跟金達同志好好合作，把海川工作搞好的。」

郭奎冷冷的看著張琳，輕輕地搖了搖頭，說：「我給過你機會了，現在已經晚了，你回去吧。」

張琳本想再跟郭奎哀求，卻被郭奎的嚴厲眼神給瞪了回去，只好灰溜溜的離開了。教訓了張琳，郭奎的心並沒有就此放下來，他不知道張琳回海川之後會做出什麼事情來。如果他孤注一擲，硬是要把雲龍公司的事情公諸於眾，甚至把這件事向媒體揭露，借媒體之力來查雲龍公司，那東海省將要面臨一場政壇風暴，他和呂紀都將面臨一個很難堪的局面。

在這個交接班的敏感時期，郭奎不敢掉以輕心，就打電話給呂紀，想跟呂紀商量一下要如何處理這件事。

第六章

掛羊頭賣狗肉

郭奎說：「雲龍公司這件事可大可小，往小了處理，雖然有點掛羊頭賣狗肉的意思，但是很多地方都是這麼做的。鬧大了的話，恐怕中央不好下臺，就會上綱上線，拿我們東海省開刀，那影響一定會很大，倒是不得不防。」

呂紀很快就趕了過來，問郭奎：「什麼事啊，郭書記？」

郭奎就把張琳剛在自己辦公室的表演都跟呂紀講了。

呂紀聽完，臉色沉了下來，張琳的行爲已經危及到他的利益了，便說：「這個張琳原來是這樣一個人啊。」

郭奎點點頭說：「是啊，原本我覺得秀才跟他吵架，都是秀才不好，現在看來，問題的根源恐怕是在這個張琳身上了。張琳是嫉妒秀才做得很有成績，才會處處想辦法爲難秀才的。這件事不能再這樣子拖下去了，我想把張書記調整一下，讓他離開海川，你看是否同意？」

呂紀想了想，也覺得現在確實有把張琳調開的必要，就說：

「我也覺得應該這樣，海川市是我們省的經濟大市，一二把手這麼搞下去，對海川的經濟發展是不利的。只是現在雲龍公司的事被揭露了出來，一些幹部肯定知道了，這時候再讓秀才接任市委書記，恐怕社會觀感會不佳。」

郭奎嘆了口氣，說：「我也有和你同樣的顧慮，這時候讓秀才接任市委書記確實是時機不恰當。算了，這次就不要讓秀才接任市委書記了，考慮另外的人選吧。」

呂紀看了郭奎一眼，他知道郭奎現在的心情很失落，錯過這次機會，金達將會在市長的位置上多做好幾年，這顯然是郭奎不想看到的。

不久前，郭奎跟呂紀還討論過要讓金達接任海川市市委書記，現在一切的算計都因爲張琳突然搞出來的事徹底給打亂了，郭奎心中的鬱悶可想而知。

呂紀便安慰說：「我知道您肯定爲秀才失去這次機會而感到惋惜，我的心情跟您是一樣的，秀才是您和我共同見證成長起來的，我也不希望他失去這個機會。您放心吧，即使您離開東海，我也會繼續關注他的。」

呂紀的話等於是向郭奎做了保證，保證將來有機會一定會提拔金達，這多少讓郭奎心情舒暢了一點，便說：「說起來，這也是秀才自作自受，他如果多讓張琳一點，也不會鬧到這個程度。」

呂紀笑笑說：「我倒覺得秀才並沒有做錯什麼，如果什麼都畏手畏腳，那他也做不出什麼成績來的。再說，秀才這個人很講原則，性子比較直，他這麼做也是他的本性，很難改的啊。」

郭奎聽了，說：「看來你對秀才的認識比我還深啊，把他交給你我就放心啦。現在秀才的事先放到一邊去，老呂啊，你覺得張琳回海川去會不會鋌而走險啊？」

呂紀問道：「您的意思是，張琳可能什麼都不管不顧，就是要把雲龍公司這件事給捅出來？」

郭奎說：「對啊，雲龍公司這件事是可大可小的，往小了處理，雖然有點掛羊頭賣狗肉的意思，但是很多地方都是這麼做的。我們也這麼做，就不算是犯了什麼大錯，頂多會有人說我們在玩政策的擦邊球；但是鬧大了的話，恐怕中央不好下臺，就會上綱上線，拿我們東海省開刀，那影響一定會很大，倒是不得不防。」

呂紀也不想看到這種情形的發生，就點點頭說：「是啊，組織部的白部長說，前段時間孫守義被人捏造不雅照片的事，很可能就是張琳做的。我當時還覺得白部長多疑了，現在看來還真是有可能。這種人如果狗急跳牆了，怕是什麼事情都會做得出來的。」

郭奎說：「你看有沒有什麼辦法能夠阻止他一下啊？」

呂紀想了想，說：「要不我找一下孟副省長吧，據說張琳跑去孟副省長那裏拜了門，投了門生帖。我想讓孟副省長出面說說他，應該是有用的。」

郭奎笑說：「這個主意很妙，這時候，老孟恐怕更想讓東海的局勢穩定吧。」

呂紀不禁說道：「什麼希望東海的局勢穩定啊，大概他是更希望我早日給他騰出位置來吧！」

郭奎提醒說：「我聽北京的一些朋友跟我說，老孟最近在北京活動得很兇，就想等著接你的位置，老呂，你要多小心他啊。據我瞭解，他私下的一些行徑很出格，將來如果你真的跟他搭了班子，恐怕並不是件好事啊。」

呂紀無奈地說：「這點我也清楚，只是這不是我能決定的事啊。」

郭奎說：「是啊，這確實不是我們能夠決定的。誒，老呂啊，海川市市委書記可是一個很重要的位置，你心目中可有什麼人選？如果沒有的話，趕緊醞釀一個。」

呂紀知道郭奎是想讓他想辦法占住海川市委書記的位置，不要讓孟副省長把這個位置拿去。海川在東海省的地位舉足輕重，市委書記這個關鍵位置如果被孟副省長的人佔據了，那他就被動了。

呂紀想了想，說：「有一個人我倒是覺得不錯。」

郭奎好奇地問：「誰啊？」

呂紀說：「省委那邊的副秘書長莫克。」

郭奎看了眼呂紀，說：「老呂，你確定要用這個人嗎？你看上他什麼了？」

呂紀說：「我覺得這個人很憨厚，跟秀才兩個人性子是互補的，不會跟秀才鬧成像張琳這個樣子。再是，這個人雖然是東海人，但起步卻是在江北省，他在江北省工作多年，前兩年才調過來的，調過來後，就一直在您手下工作，比較可靠。」

呂紀是覺得莫克來自江北省，跟孟副省長之間沒什麼交集，不是孟副省長的人，因而可以信賴。

但郭奎對莫克的印象並不是很好，莫克的政策水準確實很高，初到東海省時，郭奎還挺欣賞他的，還將他從政策研究室主任提拔成副秘書長。但是慢慢接觸下來，郭奎察覺到莫克跟金達的一些差異。

金達個性耿直，基本上是個可以讓人一眼看得透的人，而莫克不是，郭奎總覺得他那副憨厚的笑臉背後，似乎還有著另一層面孔。

郭奎是一個性格直爽的人，他喜歡自己的下屬也是直來直去的，莫克這種讓人看不透的人，他不感興趣，所以之後就有點冷淡了莫克。

郭奎便問說：「你真的覺得他可靠嗎？」

呂紀說：「還可以吧，我接觸過他幾次，挺好的一個人，溫文爾雅，爲人做事很有條理，我覺得挺合適做海川市委書記的。」

郭奎搖了搖頭，說：「我總覺得他讓人看不透，怎麼說呢，有點像現在的張琳。」

呂紀笑說：「郭書記，您太敏感了吧？」

郭奎笑笑說：「也許是吧，我現在對外表憨厚的人都有點敏感。不過，我們也不急著做決定，你再想想有沒有別的合適人選吧。」

呂紀點點頭說：「行啊，我就再想想。現在我先去跟孟副省長談談，讓他約束一下張琳好了。」

呂紀回到省政府，經過孟副省長辦公室的時候，看孟副省長沒出去，就走了進去。

孟副省長正在批閱文件，看到呂紀進來，連忙站了起來，說：「省長，找我有事啊？」

呂紀說：「有件事想跟你聊聊，有時間嗎？」

孟副省長笑笑說：「有時間，您請坐。」

兩人就去沙發上坐了下來，孟副省長恭敬的說：「省長您想跟我聊什麼啊？」

呂紀說：「是這樣子，張琳同志今天找郭奎書記，反映了關於海川市違規用地的情況，這裏面也牽涉到省政府。」

呂紀就把情況簡單地跟孟副省長講了，講完後說：「郭書記認爲問題雖然存在，但是並不嚴重，他認爲此時不宜有什麼大動作，穩定勝過一切，就說了張琳幾句，讓他回去了。老孟啊，郭書記這麼做，你能理解吧？」

孟副省長點點頭，說：「我理解，郭書記是爲了我們東海省著想，不讓在這個時期出什麼亂子。郭書記不愧是政壇老將，懂得審時度勢。」

呂紀說：「我也覺得郭書記這麼處理很得當。不過恐怕張琳同志不能瞭解郭書記這麼做的苦心，郭書記和我有些擔心他會不會做出不理智的事。老孟你也知道，土地審批的事向來是可大可小的，如果張琳把情況公之於眾，恐怕中央會整肅土地審批制度，拿我們東海省開刀，到那個時候，你和我恐怕都要負上相當責任的。」

「這個張書記這是胡搞什麼啊？在這時候冒出來跟省裏搗亂！」孟副省長忍不住生氣的說。

這段時間，孟副省長一直在讓他北京的關係幫他上下活動打點，準備在呂紀接替郭奎之後，他好能坐上省長的寶座。但是活動到現在，形勢卻沒他預想的那麼好，幾個關鍵性的人物都沒給他明確的答覆。

這讓孟副省長的心一直懸著，如果在這時候突然蹦出什麼牽涉到他的事件來，即使很微小，也很可能會影響上面的抉擇，讓他一切的努力付諸流水。因此孟副省長對張琳在這時候跑來反映土地審批問題，心中自然十分震怒。

呂紀說：「可能是張琳對金達有所不滿，想借這個由頭打擊金達吧。不過據郭書記瞭解，金達跟這件事牽涉並不大，這個項目主要是由那個現在下落不明的穆廣搞出來的。」

孟副省長心裏暗罵張琳成事不足，敗事有餘，就連到省裏告狀，都能搞出張冠李戴的事來。你要報復也要選個好的切入點啊，像雲龍公司這種項目，一打擊就是一大片，就算你告倒了金達，上上下下的人也都被你得罪光了，你這個市委書記還幹個屁啊。

不過，呂紀找我說張琳的事幹什麼啊？不會是以為這件事是我指使的吧？如果是這樣子的話，那可不妙。

因此孟副省長很緊張，他不想因為這件事給呂紀和郭奎造成什麼誤會。於是看了看呂紀，趕忙表態說：「這個張琳真是可惡，竟想挾私報復他人，簡直是卑劣透頂。不過省長，這件事情好像與我無關啊，您找我談，是想要我做什麼嗎？」

呂紀笑笑說：「我知道這件事與你沒什麼關係，我找你，是因為有人說你跟張琳的關係不錯，我想要你出面說服他一下，讓他不要再鬧了，鬧開的話，大家都難看。」

孟副省長笑說：「省長啊，您這消息似乎不準確啊，誰跟您說我和張琳關係不錯啊？我跟他沒什麼往來的。」

呂紀不禁看了孟副省長一眼，心說：人家都去拜了你的門了，還說什麼沒往來，真是睜眼說瞎話。他笑笑說：

「老孟啊，我想起碼在雲龍公司這件事情上，你我的立場應該是一致的，這時候我們就沒必要玩什麼躲貓貓的把戲了。事情呢，我已經講給你聽了，利害關係我想你比我更清楚，我希望你能好好約束張琳一下，別讓他鬧得我們東海省不得安寧。」

看來自己的一舉一動都在呂紀的關注之下啊，這傢伙竟然知道他能夠約束張琳。不過呂紀說的也對，起碼在這件事情上，自己跟他的立場是一致的，再繼續跟張琳裝不熟就沒意義了，於是尷尬的笑了笑說：

「那我試著跟張書記說一下吧，也不知道行不行。」

呂紀心說不行才怪，便說：「那你儘快跟他說一下吧，我走了。」

呂紀就回去了自己的辦公室。

孟副省長想了想，抓起了電話，打給張琳。

張琳接了電話，孟副省長問道：「張書記，你現在在哪裡？」

張琳聲音低沉的說：「我在回海川的路上，孟副省長您找我有事啊？」

這傢伙原來還沒回到海川，看來自己這個電話打得太急了點，聽他的聲音似乎很受打擊，看來被郭奎批評得不輕啊。便說：

「張書記，我聽說你在郭書記那邊的事了，我跟你說，雲龍公司那件事到此爲止，我不希望再有人知道這件事情了。」

張琳沒想到孟副省長打電話來是跟他說這個的，他本來就因爲得罪了郭奎心情很煩躁，孟副省長又以這種口氣命令他，心情越發不好，就沒好氣的說：

「行了，我知道了。」

孟副省長愣了一下，心說這個張琳真是越來越沒個樣子了，竟然敢用這種語氣跟自己說話，便不高興的說：「什麼叫你知道了啊？張書記啊，我拜託你再做什麼事情之前先想想清楚，別搞得大家都跟你受牽累。」

張琳口氣不佳地回道：「孟副省長，你這話什麼意思啊，我牽累你什麼了？你也不是不清楚我是為什麼向省裏反映情況的，怎麼也跟著郭奎他們一樣跑來指責我啊？」

孟副省長察覺到張琳的情緒似乎有些不穩定，心想不應該再把張琳往牆角裏逼了，就笑了一下，說：「不好意思啊，我的話可能說得急了一點，你先別急，聽我慢慢跟你說好嗎？你也知道郭書記即將去北京工作，東海省的班子必然要調整，你在這個敏感時期弄出這麼一件事來，對省政府是很不利的，會影響到我整個的佈局的，你知道嗎？」

張琳已經得罪了郭奎，再去得罪孟副省長的話，那他在東海省恐怕真的是沒有立足之地了，洩氣地說：「孟副省長，您說的情況我明白，剛才是我的情緒不太好，不該用那種語氣跟您說話。放心吧，我會按照您說的辦的。」

孟副省長聽他口氣緩和了下來，便安撫說：「張書記啊，你也別太在意一時的得失，你的情況我心裏有數的。」

張琳苦笑了一下，說：「孟副省長，我這次可能真要完蛋了，我看郭書記的意思是要把我海川市市委書記的職務給拿掉。」

孟副省長安慰說：「這一點恐怕你是錯了，你又沒有犯什麼錯誤，就算是郭書記也不能說把你拿掉就拿掉的，頂多讓你換個地方罷了。你放心吧，如果郭書記真的想把你調開的話，我會盡力幫你爭取個好位置的。你也不要這麼煩惱了，留得青山在，不怕沒柴燒，以後的日子還長著呢。」

張琳想想也是，眼下他的希望也只有寄託在孟副省長身上了，孟副省長如果能夠順利的接任省長，那他即使離開海川市，將來還是有翻身機會。

張琳便嘆了口氣，說：「行，我明白了。」

孟副省長就掛了電話。

張琳看了看車窗外，已經進入海川地界了，他的肚子咕嚕咕嚕叫了起來，這才想到自己被郭奎訓了一頓，悶著頭就從齊州往回趕，中午都還沒吃飯呢。

車往前開了一會兒，進入到海川市區，張琳就讓司機在路邊停下車，找了個小餐館吃了點東西。吃完之後，他忽然很想走一走，就沿著馬路慢慢的往前走。

夜幕已經低垂，街頭的路燈雪亮，他記得這條馬路竣工很久了，但他還是第一次這麼沒有前呼後擁的一個人在街邊走著。

街邊的行人從他身邊匆忙走過，絲毫沒有人注意到這個正在街邊行走的市委書記。這一刻，張琳突然覺得，對海川市來說，自己也不過是個過客罷了，誰會永遠記住這個城市曾經有過一個市委書記叫張琳呢?!

想想，他突然覺得自己跟金達的這番爭鬥十分可笑，爭了半天，爭到了什麼嗎？沒有。結果反而是自己即將從海川出局。這一役，自己算是輸得很慘。

不過，搞了半天，金達也沒贏啊。

他的心情一下子變好了起來。

人的心理就是這個樣子，見不得別人比自己好，當張琳發現金達的狀況並沒有比自己好多少時，他心頭的鬱悶一下子就一掃而光啦。

郭奎很快就在省委常委會上，把海川市班子不和的問題拿出來討論了，他把張琳和金達在常委會上因為舊城改造項目競標而公開吵翻的事，拿出來作為兩人產生嚴重分歧的證據。就此事件，郭奎嚴厲的批評了張琳，說他認為張琳已經不適合繼續擔任市委書記一職，建議省委為了海川的穩定發展，將張琳從海川調離。

呂紀在郭奎之後發表看法，也表示同意郭書記的看法，兩人一唱一和，基本就把這件事情定了調了，其他常委也早有耳聞兩人已經水火不容，便也跟著投了贊成票。

孟副省長早就猜到會有這種下場，知道反對也沒有用，經過他的爭取，常委會最終決定安排張琳去省政協，省政協正好有一個副主席年齡到了，張琳就去接替他，做省政協的副主席。

說起來，政協副主席是副省級的幹部，也算是升了一級。

既然張琳調離海川已成定局，下一步就是接任海川市委書記的人選了，郭奎便讓常委們談談看法。

呂紀剛想說話，孟副省長就搶在他前面說話了，他說：

「我先談談我個人的看法，這一次張琳和金達不團結，雖然張琳作爲市委書記有很大的責任，但是金達也不是一點問題都沒有，是他沒有尊重這個市委書記，才會讓事情鬧得不可收拾，所以我認爲金達不適合接任市委書記。我看他連做市長的年資都很淺，還不具備成爲市委書記的條件。」

呂紀心裏暗自好笑，他明白孟副省長搶先發言否定金達，是擔心郭奎和他先聯手推薦金達作爲繼任人選，只是他想不到的是，郭奎和他根本就沒想要推薦金達作爲市委書記的候選人。

呂紀笑了笑說：「老孟說的很對，金達並不適合馬上就接任市委書記職務，他還需要在市長任上再鍛煉一下。這裏，我提個人選吧，我覺得省委副秘書長莫克爲人成熟穩重，一定能夠帶領海川市大力發展，我建議由他來接任海川市委書記。」

那天郭奎跟呂紀談了之後，呂紀這幾天也醞釀了不少的人選，但是考慮來考慮去，覺得沒有人比莫克更合適的了。郭奎雖然對莫克的印象不好，一時之間卻也難提出更好的人選來，只好接受了。

至於讓呂紀在常委會上提出莫克這個人選來，是郭奎安排這麼做的。他想讓呂紀藉提名的機會施恩莫克，讓莫克覺得呂紀是他的伯樂，這樣，莫克就會覺得他是呂紀用起來的人，就會自動跟呂紀站到同一陣營去了。

這也是官場上籠絡人的一種常用手法，郭奎把這個機會讓給呂紀，是一種示好呂紀的拉攏手法。

孟副省長聽到呂紀提出莫克這個人選，稍稍愣了一下，一想，呂紀一定是事先跟郭奎有過討論才提出這個人選的，既然這樣，那又何必反對呢？還不如也跟著投莫克的贊成票好了。於是常委們一致同意了莫克這個人選。

省委常委會剛結束，會議上的情況馬上就傳到了東海。

張琳接到了孟副省長打來的報喜電話，說省委決定把他調離海川，去省政協工作，將會推薦他去接任省政協副主席。

雖然省政協副主席這個位置比海川市市委書記含金量是大大的降低了，但總算是上了一層臺階，讓張書記的心勉強得到一點安慰。

當晚，張琳把束濤叫到家裏，束濤已經知道張琳要走的消息，一進門就向張琳道喜，恭喜他升遷。

張琳笑了笑說：「這樣的升遷我倒寧願沒有，以後我進了省政協，恐怕連頓飯都沒人請我吃了。」

束濤搖搖頭說：「張書記，您這就錯了，那是權力監督機關，您將來又是副省級的領導，運用得好的話，其影響力恐怕不比一個市委書記差。」

張琳笑了，說：「束董真會安慰人，我去了省裏，你可不要忘了經常去看看我啊。」

束濤說：「那是自然，我們是老朋友了，怎麼會不去看你呢。」

張琳說：「不說這些了，雖然省政協副主席這個任命還需要走些程序才能下來，但是我在海川的日子已經屈指可數了，我叫你來，是想問你，還有什麼事需要我給你辦的嗎？如果需要的話，趕緊說，能辦的話我就幫你辦了。」

張琳拿了束濤一大筆錢，卻沒有幫束濤辦成舊城改造項目那件事，心中總有些不安，因此在走之前，他才會把束濤叫來交代一番。

束濤笑笑說：「也沒什麼事，現在您都要走了，舊城改造項目恐怕也難以啓動了。」

張琳說：「現在想起來，這件事情我是做的不太好，當時硬逼著常委們通過就好了。有點對不起你了，束董。」

束濤豁達地說：「沒什麼，這件事不是都過去了嗎。」

張琳說：「恐怕我走了之後，金達會更加對你和孟森不客氣了。」

束濤聳聳肩說：「我不怕，我正經做生意，怕他幹什麼？」

話雖這麼說，朿濤的語氣中卻難免有點鬱悶，他很清楚沒有張琳在海川護著城邑集團，他未來的日子怕是很難過的。

北京，深夜。

傅華和鄭莉正在熟睡，忽然傅華的手機響了起來，在靜謐的夜中，顯得分外的刺耳。

鄭莉和傅華都被驚醒了，鄭莉嘟囔了一句：「誰這麼晚還打電話啊？」

傅華抓起電話，看了看號碼，猶豫了一下，是趙婷的號碼。

他看了看鄭莉，說：「是小婷的電話。」

鄭莉愣了一下，隨即說：「趕緊接啊，她這麼晚打來，一定是出什麼事了。」

傅華就接通了。

一接通，趙婷就在電話裏哭著說：

「傅華，這可怎麼辦？小昭渾身發燒得燙人，咳得不停，又吐，喘不上氣來，他這個樣子嚇死我了，你說我該怎麼辦啊？」

傅華一聽是兒子出事了，也急了，叫道：「你對他做了什麼啊？」

趙婷委屈地說：「我也沒做什麼啊，就是中午吃完飯之後，他非鬧著要去海邊玩，我就陪他在海邊玩了一下午，晚上就這樣了。」

傅華一聽趙婷說的情況，覺得很可能是小昭在海邊吹了風感冒了，這時，他也顧不得埋怨趙婷沒照顧好孩子了，就叫道：「你先別哭了，趕緊叫車，去醫院掛急診，小昭這樣子似乎是感冒了。」

趙婷哭說：「感冒沒這麼嚴重吧？」

傅華說：「可能有什麼別的併發症，好了，你趕緊去海川市醫院，我打電話叫丁益過去照顧你。」

趙婷一時間亂了章法，只能聽憑傅華的指令說道：「行，我馬上去叫車。」

傅華又吩咐說：「跟我保持聯絡，小昭有什麼情況趕緊告訴我。」

趙婷說：「好吧，我要去醫院了。」

傅華就趕緊打電話給丁益，讓丁益趕去市醫院跟趙婷會合。丁益聽說孩子病了，二話沒說就答應趕去。

丁益掛了電話後，傅華坐在床邊焦急地等著趙婷的電話，鄭莉知道他關心傅昭的病情，就坐在旁邊陪著他。

趙婷並沒有打電話來，過了一會兒，傅華有點坐不住了，便站起來在臥室裏走來走去，一副心神不寧的樣子。

又過了一會兒，見趙婷仍沒有電話來，傅華實在等不下去了，就撥了趙婷的電話，問趙婷小昭的情況。

趙婷說：「我還沒到醫院呢。」

傅華忙問道：「那小昭現在是什麼情形啊？」

趙婷著急地說：「越來越熱了。」

傅華催說：「那你催司機快一點嘛。」

掛電話後，傅華衝著鄭莉說：「這個小婷也是的，小昭都病成那樣了，她還那麼慢吞吞的，真是急死人了。」

鄭莉看了傅華一眼，勸慰說：「是你太心急了，小婷這會兒才從賓館出來多長時間啊，根本就到不了醫院的。」

傅華不好意思地笑了笑說：「這倒也是。」

鄭莉安撫說：「你別在那兒猛轉圈了，現在醫療條件這麼好，小昭只要到了醫院，就不會有什麼事的。」

傅華苦笑說：「我也知道，但是我的心就是定不下來。我再打電話給丁益看看，看他到哪裡了。」

鄭莉知道父子連心，此刻傅華的心情肯定很著急，也就沒去阻攔傅華。結果丁益也還在路上，不過快到醫院了。

就這樣折騰了半天，等終於聽到趙婷跟他說，醫生確診小昭是感冒引發的急性腦膜炎，已經緊急採取了治療，傅華這才坐了下來。

看到傅華神情焦躁的樣子，鄭莉便說：「趕緊訂機票回海川吧，我看你這個樣子，如果不看到小昭沒事，你是不會安心的。」

傅華看了看鄭莉，說：「那我們一起去吧。」

鄭莉搖頭說：「不行，我後天有一個服裝展銷活動，離不開。沒關係，你去吧，我不會介意的。」

第二天一大早，傅華就趕忙飛回了海川，下飛機之後就直奔醫院。

病房裏，小昭的情況已經穩定了下來，正在熟睡著，趙婷和丁益在一旁陪著。

趙婷看到傅華來了，立刻撲到他懷裏痛哭起來。

傅華知道昨晚趙婷一定是嚇壞了，就輕輕拍了拍趙婷的後背，說：「小婷，你別哭了，別吵醒了小昭。」

趙婷這才趕忙止住了哭聲。

傅華又跟丁益打了招呼，說：「我擔心小昭，就趕了過來。醫生怎麼說？」

丁益說：「醫生說是急性腦膜炎，現在狀況已經穩定下來了，不過還需要留院觀察一段時間。」

傅華鬆了口氣，說：「謝謝你了，丁益。」

丁益笑笑說：「別客氣。」

傅華感激地說：「讓你跟著忙了一個晚上，快回去休息吧。」

丁益點點頭說：「行，我先回去睡會兒，回頭找你吃飯。」

丁益離開後，趙婷看了看傅華，說：

「謝謝你趕過來。你來了，我心裏就安定多了。你不知道，昨晚真是嚇死我了，醫生說，再晚一點，小昭可能就會有生命危險的。」

傅華苦笑了一下，說：「謝我幹嘛啊，我是小昭的爸爸啊。昨晚我想了一晚，覺得我這個做爸爸的真是不夠稱職，他出生的時候我就不在他身邊，從來沒能好好的照顧過他，我真是虧欠他太多了。」

趙婷也自責地說：「說起來，也不怪你，是我太任性，當時非要跟你離婚，這才讓你們父子相聚的機會少了很多。」

傅華卻說：「還是我不好，要不是因爲當時我要幫金達搞什麼保稅區審批，我可能都趕去澳洲跟你們母子團聚了。唉……」

小昭這時翻了個身，傅華趕緊閉上嘴，看小昭並沒有被驚醒，這才鬆了口氣。

說到金達，傅華這才想到他匆忙趕來醫院，還沒跟駐京辦打招呼呢，就對趙婷說：

「我來得匆忙，還沒跟單位打招呼，你先陪他，我出去打個電話。」

趙婷點了點頭，傅華就走出病房，在走廊裏想要打電話回駐京辦。手機還沒拿出來，倒先響了起來，一看是金達的號碼，心中就有點惱火，剛才他跟趙婷談起了過去的往事，那些不好的回憶都被勾了起來，如果不是因爲金達，他跟趙婷小昭三個人現在還是美滿的一家人呢。

金達的電話還在響著，傅華越想越覺得火大，索性也不打電話回駐京辦，直接就把電話關機了。

電話那頭的金達聽到傅華居然拒絕接聽他的電話，不禁愣住了，越發感覺不對勁，覺得傅華一定是出了什麼事了。

金達就撥了駐京辦的電話，找到了羅雨，問羅雨傅華是不是出了什麼事。

羅雨納悶地說：「我也不知道啊，傅主任早上就沒來上班，也沒跟駐京辦說有什麼事情。」

金達詫異地說：「怎麼會這樣子啊?你沒問他家裏出了什麼事嗎?」

羅雨說：「傅主任向來是準時上班的，有事的話就會跟我們打聲招呼，像這樣突然沒按時上班，又沒打聲招呼，很可能是有什麼急事去處理了。」

金達擔心地說：「我剛給他打電話時，電話還是通的，後來卻關機了，不太對勁啊。

你趕緊跟他家裏人聯繫一下，看看傅華究竟怎麼了。問明情況後跟我回報。」

羅雨就趕緊打電話給鄭莉，問傅華去哪裡了，爲什麼電話打不通？鄭莉告訴他，傅華是因爲兒子生病，所以一早飛回海川了。

羅雨就趕緊把情況彙報給金達。

金達一聽傅華竟然在海川，更是不解，就跟羅雨說：「好，我知道了。」

掛了羅雨的電話後，金達心裏開始嘀咕起來，傅華既然人在海川，那他不接電話就有些奇怪了，就算兒子病了，他也能抽出一點時間來接電話吧？更何況，還是他這個市長的電話。傅華不接自己的電話，看來是有意爲之的了。

想到這裏，金達頓時悵然若失。

金達昨天被朋友告知東海省常委會上的決定，原本該是自己接任市委書記的，卻被莫克給占了去，他心中很不是滋味。他這麼多年的心血，卻抵不過跟張琳吵架和萬菊給雲龍公司做顧問這兩件事，就因爲這兩件事，他的所有成績都被歸零了。

這時候金達又想起了傅華，在他做出成績的許多項目中，都離不開傅華的影子，每每都是傅華幫他想辦法解決難題。金達就很想跟傅華聊聊，一方面訴訴自己的鬱悶，另一方面，也想親口跟傅華說聲對不起，沒想到傅華居然不接他的電話了。

上次他跟傅華借錢的時候，傅華對他的態度還很好啊？這期間又發生什麼變故了嗎？

金達心中想不出個所以然來，不過他可以感覺得到，這次傅華真的是生氣了。這要怎麼辦呢？

第七章

天倫之樂

接下來幾天，傅華便跟趙婷一起陪著傅昭。
傅昭的身體一天天恢復，慢慢有了精神，傅華和趙婷就一起陪他玩，
病房裏不時傳出傅昭被逗得咯咯的笑聲，三人難得的享受了幾天天倫之樂。

傅華回到病房，他要趙婷回賓館休息，自己陪小昭就好。趙婷不肯，說也要守在小昭身邊，傅華拗不過她，就讓她趴在小昭的病床邊休息一會兒。

趙婷趴在病床邊，小睇了一會兒，睜開眼看了看傅華，說：「你來小莉姐知道嗎？」

傅華說：「是她讓我過來的。」

趙婷嘆了口氣，說：「還是她大度，換了是我，絕不會讓你來的。」

傅華笑笑說：「別說這些了，剛才光顧著小昭，我還沒打電話給小莉說一下情況呢。」

趙婷理解地說：「你趕緊去打吧，她在北京一定也很著急的。」

傅華就又出了病房，將手機開了，打給鄭莉。

鄭莉馬上接通了，著急的說：「傅華，小昭的病情怎麼樣了，是不是很嚴重啊？」

傅華說：「已經沒什麼大礙了，現在正在病房休息呢。」

鄭莉說：「那你剛才電話怎麼關機了，我被你嚇死了，還以為小昭的病情不好，你沒心情才關了機呢。你趕緊給你們市長打個電話吧，他剛才還打到駐京辦要找你呢。」

傅華沒好氣地說：「管他呢，我剛才就是心煩他才關機的。」

鄭莉愣了一下，說：「怎麼啦？金達怎麼惹你了？」

傅華苦笑說：「小昭這一病讓我想起了很多……」

鄭莉聽傅華聲音低沉，有點哽咽的樣子，感覺到傅華的情緒不太穩定，便關心地問道：「傅華，你沒事吧？」

傅華長出了一口氣，努力平息自己的心情，說：「我沒事，好了，有些事等我回去再說吧，我進去陪小昭了。」

鄭莉便說：「好，那我告訴羅雨你回海川了，估計你們市長已經知道情況了。」

傅華無所謂地說：「知道就知道，他愛怎麼辦就怎麼辦吧，大不了這個駐京辦主任我不幹啦。」

鄭莉心想：八成是小昭的病讓傅華心情不好，他才會這麼消極的，便勸說：「傅華，小昭的病會好的，你控制一下自己的情緒，別做出什麼會後悔的事啊。」

傅華沉聲說：「我沒事。好啦，我要進病房了。」

傅華便把電話掛了，轉身往病房走去，這才注意到金達不知道什麼時候已經站在病房門口了。

傅華瞅了金達一眼，沒去理會金達，直接就往病房裏走去。

金達看傅華看到他竟然連個招呼都不跟他打，十分尷尬，想說點什麼，卻不知道該說什麼好，又不好離開，想到自己來是想跟傅華修復關係的，猶豫了一下，便跟著傅華進了病房。

趙婷看到金達來了，趕忙站了起來，說：「金市長你來了。」

金達點點頭，說：「我聽說你們的兒子病了，就過來看看。」

趙婷笑笑說：「謝謝你了。」

一直沒說話的傅華看到趙婷對金達說謝謝，火一下子冒了上來，瞪了一眼趙婷，說：「你謝他幹什麼，當初要不是因爲他非要把我留在國內，你怎麼會跟我離婚啊？又怎麼會跟那個John攪到一起去？不跟那個混蛋攪到一起去，你和小昭又怎麼會需要躲到海川來呢？事情都是因他而起的你還謝他？謝他個屁啊。」

一向溫文爾雅的傅華竟然口出粗言，弄得趙婷和金達都有些意外，金達更是臉紅到了脖子根了。

趙婷看看傅華，想緩和尷尬的局面，便說：「傅華，你克制一點，別這樣子跟金市長講話。」

趙婷不勸還好，一勸反而讓傅華這些年來的積怨都湧上了心頭。

他本來很多事情都放在心裏，壓抑了許久，今天小昭的病，給了他一個宣洩口，便再也克制不住了，嚷道：「我克制一點？我已經夠克制了，從來都是我該死，有麻煩了就來找我，出了問題都是我的責任，保稅區申請失敗是我的責任，離婚了是我活該，他金大市長什麼都是對的。行了，金市長，我兒子命沒那麼尊貴，不敢勞動你大市長親自來看他，你請吧。」

金達面色尷尬地說：「傅華，我承認工作上我是有些地方做得不對……」

傅華冷冷地說：「金市長，這是我兒子的病房，不是談工作的地方，我也不想跟你吵架，請你出去。」

趙婷過來碰了碰傅華的胳膊，安撫說：「你別這樣子，我知道你為兒子的病著急，但也不能這樣沒有理智啊，金市長跟你可是朋友……」

傅華打斷了趙婷的話，不客氣地下逐客令說：「我沒這種朋友，我高攀不起。金市長，工作上的事，你要批評要罵我，甚至要撤我的職，都請等我回駐京辦再說。這裏是我兒子的病房，不歡迎你，請你出去。」

金達想說些什麼，傅華卻根本連看都不看他。

趙婷看勸不了傅華，只好對金達說：「金市長，傅華現在心情不好，您先回去吧。」

金達難堪地說：「那行，你們好好照顧孩子吧。」

傅華仍是不看金達。趙婷怕金達更加尷尬，於是說：「金市長，我送你出去。」就把金達送了出去。

小昭可能是昨晚被折騰的沒了精神，仍在熟睡，沒有被傅華叫嚷的聲音驚醒。

趙婷送金達回來後，走到傅華的身後，輕輕地摸了一下傅華的後背，說：

「你今天是怎麼了，我從來沒見過你這個樣子，你跟金達原來不是挺好的嗎？」

傅華嘆了口氣，說：「那都是過去的事了，現在的金達不是以前那個在黨校讀書、鬱鬱不得志的窮書生了，人家可是主政一方的大市長，再也不可能跟我是朋友了。」

趙婷聽了說：「那你就更不應該這樣對他了，畢竟他還是你的上級，你這麼對他，就不怕他對你報復啊？」

傅華心灰意冷地說：「隨便他了，我也不是沒被人整過。」

趙婷聽出傅華語氣中透出一種深深的失望，便說道：「看來金達真的是惹到你了。」

傅華嘆了口氣，說：「你也知道我當初是怎麼來北京的，就是不想糾纏在官場那麼多的利益紛爭之中，才想來北京發展。徐正整我的時候，我對官場已經厭煩透了，本以為金達有學識，有原則，身上透著一股跟時下官場大大不同的氣息，我在他身上看出了一絲新的希望……」

傅華慢慢講出這段時間自己的心路歷程，包括對金達的徹底失望，還有現實和理想的差距，種種心理的打擊與挫敗。

等傅華講完，趙婷不禁失笑了，她覺得這些事，除了金達不讓傅華去澳洲的事之外，其實都是小事，便說：

「傅華，想不到你這個人還挺記仇的啊。其實有些事，你提了建議，他批評你，這在上下級之間也是很平常的事情啊。也許是你沒意識到他已經是市長，身分早就跟你有差別了，也不跟你那麼親密了，所以你才會覺得接受不了的。」

傅華無奈地說：「這種差別我早就意識到了，我不是不能接受這些，但是我受不了的是他的嘴臉，用你的時候就是朋友；用不到你的時候，就端出市長的架子來。原本我以爲金達也算是讀過很多書的高級知識分子，不會落於官場俗套之中。哪知道不是這麼一回事。讀那麼多書並沒有讓他高明一點，反而讓他顯得比那些官場老手更拙劣。這種遊戲我厭倦了，不想再陪他玩下去了。」

趙婷聽了，不禁問說：「怎麼，你不想繼續在駐京辦待下去了？」

傅華沒勁地說：「小婷，我不是不想在駐京辦待下去，而是我失去了方向感。我成天忙來忙去都是爲了什麼啊？小昭這一病，讓我想了很多，我發現我其實挺失敗的，事業上沒什麼能夠拿得出手的，家庭也沒能維護好，我到底所爲何戰，還能幹嘛？還成天沾沾自喜，以爲自己什麼事都能解決呢。」

趙婷嘆了口氣說：「沒想到小昭這一病，竟引出你這麼多感慨出來，我不知道該怎麼勸你，不過，你總比我現在這個樣子強吧？」

傅華笑說：「好了，你也別這麼說自己了。這次小昭病好了之後，趕緊回北京吧，回去，你身邊還有人照顧，在海川，出什麼事，一時間連個照應的人都沒有。不要擔心John

了，他再來找你，我就把他趕回澳洲去。」

趙婷忍不住伸手輕撫著傅華的臉龐，柔聲說：「傅華，還是你對我最好。不論我犯什麼錯，你總是能護著我。」

兩人過去曾經有過的情愫彷彿又出現了，傅華抓住了趙婷的手，輕輕地說：「我答應過要照顧好你的。」

趙婷動情地往傅華懷裏靠了靠，傅華也伸手摟緊了趙婷，這一刻，兩個人似乎忘了其他的外在因素，又回到當初熱戀的時候。

突然，傅華的手機響了起來，一下子打破了兩人間的曖昧情境，傅華恍然而醒，自己這是怎麼啦，怎麼能跟趙婷這個樣子，這怎麼對得起那麼信任他的鄭莉呢？

傅華便趕緊鬆開了趙婷，站起來說：「我出去接個電話。」

出了病房，傅華才鬆了口氣，心說：好險這個電話即時打來，不然的話，真不知道該怎麼收場了。

電話原來是丁江打來的。

丁江問候說：「老弟啊，你兒子的病怎麼樣了？」

傅華回說：「穩定多了，大夫檢查了幾次，說病情好轉了。謝謝丁董關心。」

丁江笑笑說：「不用客氣，誒，我們好久沒聚了，你既然回來，找個時間跟我一起吃

頓飯吧。」

傅華回絕了說：「算了吧，丁董，我實在沒心情，我這次是爲兒子匆忙趕回來的，他病好後，我馬上就要帶他回北京，吃飯就算了吧，我們以後有很多機會聚的。」

丁江略顯失望地說：「這樣子啊？不是，老弟，給我個面子吧，就當我給你回北京餞行也可以啊。」

傅華說：「我真的沒這個心情。如果你有什麼事，電話裏跟我說一聲就好了，吃飯就沒必要了。」

丁江這才緩緩說道：「說起事情嘛，倒是有一件，不過，不吃飯這件事不好辦，你就給我一點時間，一起跟我吃頓飯，好不好？」

傅華不解地說：「究竟什麼事啊，還非得吃飯不可？」

丁江賣著關子說：「這個我不好說。」

傅華笑說：「丁董，我們之間不需要這個樣子吧？你越這麼說，我就越不想去了。」

丁江爲難地說：「好啦，我告訴你什麼事。是金市長剛才打電話給我，說跟你之間有點誤會，想讓我幫他安排跟你吃頓飯，跟你解釋解釋。」

傅華哼了聲說：「原來是金達讓你這樣做的，呵呵，他還真看得起我啊。這樣吧，丁董，你替我回了他，就說：我認爲我們之間工作關係順暢，沒什麼誤會，是他想的太多了。」

丁江緩頰說：「老弟，聽你這語氣就不是沒誤會的樣子啊。你跟金市長究竟出了什麼問題啊？」

傅華冷冷地說：「這件事我不想談，反正你回絕他就是了。」

丁江不放棄地說：「不是，老弟，你總要跟我說個原因吧。金市長這個人還不錯的，你看我面子，出來吃頓飯，大家談談，讓事情過去算了。」

傅華說：「丁董，這件事你就別摻和了，不是你想的那麼簡單的。」

丁江努力打圓場說：「老弟，你別這樣子倔強好不好？我不知道你們究竟發生了什麼事。不過最近金市長不太好過，張書記離開海川，他卻沒接上市委書記這個職務，心情肯定不好受。你跟他畢竟曾經是朋友，是不是就不要在這個時候再去爲難他了？」

傅華說：「種什麼因就結什麼果，他不好過，是他自己的事。人家現在是市長，不是我的朋友，我也沒那個能力難爲他這個大市長。丁董，這件事我真的沒辦法答應你，就這樣吧。」

傅華說完，沒等丁江再說什麼，就掛了電話。

再回到病房，傅華不敢再去靠近趙婷，選了個角落坐了下來。趙婷看他的樣子，暗自搖了搖頭，明白剛才那種氛圍再也回不來了。

坐了一會兒，兩人都不說話，氣氛就有點悶，傅華就站了起來，說：「我去醫生那裏問問，看小昭幾天能出院，我們好早點回北京。」

傅華就去跟醫生聊了一會兒，再回到病房時，丁益來了。

丁益一看到傅華，就說：「傅哥，我們出去聊聊。」

傅華知道丁益一定也是來作說客的，便說：「丁益，我不想跟你聊金達的事。」

丁益苦笑了一下，說：「不需要弄到這個地步吧？」

傅華說：「我認爲需要，你如果當我是朋友的話，就不要管這件事。」

丁益只好說：「那好，我不管就是了，都中午了，我們一起去吃頓飯吧。」

傅華搖搖頭，說：「我不去，小昭一直沒醒，我要留在這兒陪他。」

趙婷在一旁聽了，便說：「傅華，你去吧，小昭這裏有我看著呢，你順便給我帶點吃的回來。」

丁益便過來拖著傅華，說：「走吧，總要吃飯的。」

傅華看傅昭還在熟睡，趙婷也需要吃飯，才跟著丁益離開了病房。

兩人就近找了家乾淨的小飯店，叫了幾個菜。

悶悶的吃了一會兒，丁益忍不住勸說：

「傅哥，你跟金市長總不能老是這個樣子吧？再說，我覺得這件事你有點過分了，殺人不過頭點地，人家已經跟你道過歉了，現在還想跟你解釋，一個市長做到這個程度已經很難得了，你還想他幹嘛？」

傅華嘆了口氣，說：「丁益啊，我也不知道我做的是對是錯，是不是過分，但是現在我真的沒心情去跟金達玩什麼道歉解釋之類這種虛情假意的東西。你就別管我了。」

丁益見傅華仍是一副拒人於千里之外的樣子，勸不動他，也不好再說什麼了。

下午，傅昭醒了過來，看到傅華，虛弱的喊了他一句爸爸，傅華鼻子酸了一下，伸手將傅昭緊緊地抱了一下。

接下來幾天，傅華便跟趙婷一起陪著傅昭。

傅昭的身體一天天恢復，慢慢有了精神，傅華和趙婷就一起陪他玩，病房裏不時傳出傅昭被逗得咯咯的笑聲，三人難得的享受了幾天天倫之樂。

除了丁益之外，孫守義也來過病房，孫守義是從駐京辦那邊知道傅華因爲兒子病了跑來海川的，就過來看望傅昭。

孫守義的神情看上去有點鬱鬱寡歡，傅華猜想金達這次沒能順利接任市委書記，孫守義也跟著受到了很大的打擊。

孫守義和金達一樣，都是政治動物，心中都只想著怎麼樣儘快往上爬，這一次金達沒動窩，市長的位置就沒騰出來，孫守義也就沒有機會上一格。這對從到海川第一天起就想著怎麼能夠升遷的孫守義來說，不能不說是很大的挫折。

傅華這幾天過得倒很舒暢，沒有工作上的干擾，整天就是陪著兒子玩，這是傅華平常很少能享受到的悠閒。

從孫守義的神情上看，似乎並不知道傅華跟金達鬧彆扭的事。這幾天，傅華心情平復了下來，冷靜想想，也覺得他對金達好像是有點過分了。不過他並不後悔，反而覺得自己發作這一下，對他和金達來說，未嘗不是件好事。

至於金達有沒有雅量接受自己對他說的，那就要看金達的素質了。他能接受，說明這個人還有可交之處；如果不能，表示這個人連句真話都聽不得，不跟他做朋友，也沒損失什麼。

不過這幾天，金達倒沒再出現，也沒再讓丁江找理由請他吃飯什麼的，讓傅華這幾天倒是過的很清靜。

在詢問了孩子病情之後，孫守義便問傅華：「準備什麼時間回北京啊？」

傅華說：「小昭現在好得差不多了，我正準備過一兩天帶他們母子回去呢。」

孫守義笑笑說：「那行啊，孩子好了，就趕緊回北京吧，駐京辦那邊攢了一堆的事情等你處理呢。」

傅華點點頭說：「我回去後就會儘快上班的。」

孫守義又說：「誒，你海川這邊還有什麼事情要辦嗎？金達市長特別交代我，讓市政府看看有什麼能幫忙的，就幫忙安排一下。」

金達果然沒跟孫守義說兩人鬧彆扭的事，還借著孫守義的嘴向他表示了關心，這讓傅華覺得金達還算有雅量，並沒有因爲跟他鬧翻了，就想辦法來報復他。

傅華便說：「也沒什麼事要辦了，謝謝領導們的關心。」

過了一天，傅華就和趙婷、傅昭飛回了北京，丁益送他們去機場。傅華並沒有跟金達和孫守義打招呼，就這麼悄悄的離開了。

在飛機上，趙婷一直看著傅華，到要下飛機時，她抓住傅華的手，捨不得地說：「傅華，你先別急著走，再陪我和兒子坐一會兒。你知道嗎，這幾天是我這幾年來最快樂的一段時光，我多想我們三個能一直留在海川。」

傅華握了握趙婷的手，他知道趙婷的心情，就靜靜地坐在她旁邊。

直到飛機上的人都走空了，趙婷這才站了起來，苦笑了一下說：「走吧，要不小莉姐要等急了。」

傅華抱著傅昭，跟趙婷一起下了飛機，鄭莉已經在外面等候了。

趙婷走過去，對鄭莉說：「小莉姐，謝謝你肯放傅華過來陪我和兒子。」

鄭莉笑說：「謝我幹什麼，小昭也是傅華的兒子啊。」

鄭莉便開車先把趙婷和傅昭送回家，到了趙婷家，傅華幫趙婷把行李搬進去，臨走前對趙婷說：

「小婷，如果John再來糾纏你，你跟我說，我不會放過他的。」

趙婷點了點頭。

傅華正準備離開，這時，傅昭在後面叫道：「爸爸，你不要走，我想要你留下來陪我玩。」

傅華笑笑說：「不行啊，小莉阿姨還在下面等我呢，乖，改天我再來陪你玩。」

傅昭卻怎麼也不肯，非要傅華留下來。

傅華費了好大勁才說服他，等安撫好小昭，已經是半個小時後的事了。

傅華出來上了車，不好意思地對鄭莉說：「等急了吧，小昭這幾天跟我玩出了感情，非纏著我不放。」

鄭莉並沒有在意，笑笑說：「兒子纏爸爸很正常啊。」

回到家，小別幾日，兩人都很渴望對方，一進門就擁抱在一起，進了臥室。

極度的巔峰之後，傅華正要進入夢鄉時，鄭莉搖了搖傅華，說道：「老公，我們要個孩子吧。」

傅華愣了一下，看了看鄭莉說：「怎麼了，小莉，你不是說想過幾年再要孩子嗎？」

原本兩人討論過，鄭莉說她的服裝品牌創立不久，想要好好衝刺幾年，因此要傅華等個幾年再生孩子。

鄭莉撒嬌說：「我想要了，不行嗎？」

鄭莉跟趙婷最大的不同，就在於鄭莉做什麼事都很理性，什麼事都是想好了才做；而趙婷則是隨性而爲，什麼事想了就去做，至於後果，她根本就沒想過，也不在乎。

現在鄭莉突然改變計畫，一定是有什麼原因改變了她，難道是她看自己跟小昭那麼親密，心中擔心起來了嗎？

傅華便問：「小莉，你想要孩子，不會是因爲小昭吧？」

鄭莉說：「我如果說是，你會不會生我的氣啊？」

果然是因爲小昭。傅華笑了笑說：「我生什麼氣啊，不過，小昭是個孩子，你吃他什麼醋啊？」

鄭莉苦澀地說：「我不是吃他的醋，他跟你的父子親情是怎麼也割捨不斷的，我是擔心你會因爲他，重新回到趙婷的懷抱。」

傅華趕忙搖頭說：「不會的，我跟趙婷已經是過去式了。小莉，你這樣就是瞎想了。」

鄭莉頗有感觸地說：「其實我並沒有外表表現的那麼大方，你去海川這幾天，我的心一直懸著，特別是我知道你是因爲小婷的事跟金達鬧翻之後，就一直想你是不是還沒忘記跟小婷的那些往事，你會不會爲了她離開我？尤其是想到你們還有個小昭，我的心裏就更不是個滋味了，好像你們才是一家人，而我是個外人。」

傅華趕緊抱緊鄭莉說：「你別瞎想了，我跟小昭是一回事，跟趙婷又是另外一回事。我跟趙婷是絕不可能再復合的。哎呀，你也是的，腦子裏都在胡想些什麼啊？」

鄭莉懊惱地說：「我也不想讓自己這麼想，可是又控制不了自己。」

傅華緩緩說道：「你真的想太多了，我跟金達鬧翻，並不單純是爲了小婷跟我離婚一件事，還有很多其他的事，這些壓在我心裏很久了，不過是被小昭的事引爆了而已。誒，這事是誰跟你講的啊？」

鄭莉說：「是丁益，他打電話來，說你跟金達市長鬧翻了，金達想請你吃飯跟你和好你都不肯，他想讓我勸勸你。」

傅華不禁埋怨說：「這個丁益就是多事。」

鄭莉卻說：「我看他說的沒錯啊，那天我就勸過你，要控制情緒，不要做出什麼會讓自己後悔的事。」

傅華固執地說：「這件事我沒後悔，我心中確實很恨金達。想一想，很多不該發生的事都是因爲金達才發生的，他改變了我的人生。你也知道，我是個保守的人，家庭對我來講，比事業重要，我想要一家三口守在一起，而這一切都因爲金達而被毀了。不過，我跟你說這些，只是想表達我的心情，並不是我想要跟小婷破鏡重圓，你別多心啊。」

鄭莉勸說：「不過，金達總是你的領導，你這樣子對他，似乎並不好。」

傅華說：「以前我就是因爲想到他是我的領導，什麼地方都讓著他一些。結果反而助長了他的驕橫，搞到現在，他根本就不拿我當回事，我已經受夠了。」

鄭莉忍不住說：「我怎麼覺得你這次回海川，情緒有點不對勁。你沒事吧？」

傅華故作輕鬆地說：「我沒事，只是覺得我以爲我做的是挺有意義的事，現在卻發現根本就不是那麼一回事。金達也好，孫守義也好，心裏想的全是怎麼去爭權奪利，而不是如何爲老百姓幹點實事。我成天幫他們做這做那的，根本就沒什麼意義。」

鄭莉笑了，說：「什麼有意義啊？你想做什麼有意義的事啊，你要離開駐京辦嗎？」

傅華搖搖頭說：「想想我這人挺可笑的，我幾次想離開駐京辦，但是好像離開駐京辦，我就不知道做什麼好了。算了，你父親已經夠瞧不起我了，如果我再成了無業遊民，那他豈不是要笑掉大牙了。」

雖然傅華從來沒在鄭莉面前埋怨過什麼，但是鄭莉很清楚，傅華對鄭堅和湯言聯手來捉弄他，心裏是很介意的。

鄭莉便抱了抱傅華，安慰他說：「老公，別去管我父親和湯言怎麼看你，我知道你是最好的就行了。你如果在駐京辦做的不愉快，乾脆來我公司，我們夫妻聯手創業，一定會天下無敵的。」

傅華笑說：「天下無敵，你以爲我們是武林高手啊？好了，駐京辦我暫且還沒離開的打算呢。」

晚上，方晶並沒有去鼎福俱樂部，而是留在自己家中，她約了馬睿。

她收到了莫克寄來的海川重機的基本資料，研究了一番之後，心裏還是沒下定決心。這個海川重機的情況有點太差了，雖然她清楚這種公司操作的空間更大，但是她擔心如果投入的話，資金可能打了水漂，想了半天，她決定還是把馬睿找來商量一下比較好。

馬睿是那種方晶很信得過的男人，這個男人因爲對林鈞感恩，是看在林鈞的面子上才幫助她。方晶覺得，懂得感恩的男人，就不會壞到哪裡去的。

但是光有感恩的心還不夠，如果馬睿只是感恩，幫方晶一兩次可能就算報答完恩情了，如果他還願意繼續幫忙，方晶很清楚，這個男人一定是想從她這裏得到別的東西。

如果一個男人肯這麼幫助一個女人，卻對這個女人一點想法都沒有，那這個男人基本上就是聖人了。

馬睿顯然不是聖人，方晶明白這個男人是對她有企圖的，雖然他很紳士，沒有主動提出來。但他不是不想，而是在等方晶主動。如果方晶繼續裝糊塗，這個男人可能就會慢慢疏遠她了。

這種真心幫助她的男人很難遇到，方晶並不想失去他，她需要這個可以幫他擋風遮雨的男人。因此，就在幾次求馬睿幫忙之後，方晶便把馬睿約到家裏，跟他上了床。

一切好像都是水到渠成似的，兩人在方晶的家裏喝了酒，吃完飯，然後就相擁著進了臥室，做成年男女在一起都會做的事。

看得出來，馬睿對能擁有她很激動，他的動作顯得急切又具侵略性。不過到了真要見真章的時候，他卻顯得有些力不從心。

馬睿沒想到面對這個他渴望了很久的女人，竟會出現這種狀況，額頭的汗猛冒，又不捨得放棄，但終究還是沒能成功。

馬睿最後不得不放棄，尷尬地說：「可能是我太心急了，平常我不會這樣子的。」

不管什麼樣的男人都是愛面子的，沒有一個男人會在女人面前承認他不行，方晶知道這個時候女人不能讓男人感覺難堪，否則就會傷到男人的自尊心，於是溫柔地說：

「慢慢來嘛，時間有的是，我今晚都是屬於你的。」然後開始親吻馬睿的脖子、耳後、胸膛……

慢慢的，馬睿的興致被她帶動了起來，終於再度有了男人的雄風，成就了好事。

然而那次之後，馬睿並沒有把方晶視爲他的禁臠，兩人仍是保持著一個很自在的關係，方晶有時會約馬睿，或是馬睿想要她了，也會打電話說要過來，兩人就這樣用一種自由的方式相處。

這不但沒有讓兩人的關係變淡，反而因爲給了對方足夠的空間，讓他們相處的時候更親密。

臨近十點的時候，馬睿來了，一進門，就抱住方晶急切地吻了起來，手不規矩的在方晶身上摸索著。

直到滿足之後，這才問起方晶找他有什麼事。方晶就把她想跟湯言合作的事講了，問馬睿她要不要投錢進去？

馬睿笑說：「你的野心還挺大的啊，守著鼎福俱樂部還不夠啊？」

方晶說：「鼎福已經上了軌道，不需要我花太多時間在上面，我手頭的資金也不能光放在銀行吃利息啊，就想找點項目做一做。這個湯言和鄭堅都是有些來歷的人……」

方晶便說了湯言和鄭堅的背景。

馬睿說：「這兩人的背景我多少耳聞過，他們可都是眼睛長在頭頂上的人，你不擔心被他們玩了？」

方晶笑笑說：「這點我倒不擔心，我相信我還能控制得了他們。我只是擔心這個項目做不成，把我的錢賠了進去。」

馬睿問：「你已經答應他們了？」

方晶說：「還沒有，湯言這幾天催過我，我跟他們說我的資金暫時還不能到賬，讓他們再等幾天。」

馬睿想了想說：「企業爛並不代表這件事不能做，如果是很好的企業也不會被拿出來重組的。」

方晶說：「這麼說，你同意我做這個了？」

馬睿點點頭說：「想做就做吧，這件事的風險還在可控制範圍。不過，你不要把資金全部都投進去了，最好是留一點在手邊。」

方晶說：「這我有數，我有留了一部分資金。」

馬睿又說：「再是北京這邊如果要用到某些關係，你可以找我；至於東海那兒，你可以找莫克。」

方晶訝異地說：「找莫克有用嗎？他雖然是東海省委的副秘書長，但我感覺他在東海好像並不是那麼重要，找他恐怕也是只能幫點小忙而已。」

馬睿笑說：「莫克肯定會有用的，說不定還會有大用呢。有個消息可能你還不知道，莫克很可能會出任海川市市委書記。」

方晶愣了一下，說：「不會吧，這傢伙升得這麼快啊？」

馬睿笑笑說：「只能說這傢伙的運氣好。正常來說，這個海川市委書記是絕輪不到莫克的。你不知道東海目前的形勢，東海的省委書記郭奎很快就要到北京來，東海將要面臨一場權力洗牌，所以各方勢力都在想盡辦法卡位。即將接任省委書記的呂紀是從外地調進東海的，跟本地勢力存在著一定的矛盾。莫克由於是我們江北省過去的，跟東海本地的勢力並沒有密切的關係，又是郭奎用起來的人，讓他接任海川市委書記，呂紀比較放心。」

方晶不禁說道：「你們男人的政治算盤還真是複雜，什麼省委書記，什麼本地勢力，聽得我一頭霧水。」

馬睿笑說：「不複雜不行啊，權力是最能激發男人的雄性的，擁有了權力，才能玩得轉這世界。」

方晶卻對馬睿說的這一套並不是很感興趣，她說：「好了，你別跟我談這些政治理論了。還是來談談莫克吧，這個人能靠得住嗎?我怎麼覺得他這個人有點虛頭巴腦的?」

馬睿笑了，說：「這傢伙是學究出身，搞理論的，搞理論的不都是虛頭巴腦的嗎?再說，官員們老實的有幾個啊?莫克不是問題。市委書記這個職位對你們重組那家企業是很關鍵的人物，重組成功與否，他能起到決定性的作用。莫克如果真的成爲市委書記，對你是很有利的。」

第八章

兩敗俱傷

金達感慨地說：「你也清楚張書記是因為跟我之間鬧矛盾才被調開的，
我自己也反省了一下，其實我跟張書記並沒有什麼不得了的矛盾，
如果一開始我就跟他合作的話，也就不會鬧到今天這種兩敗俱傷的境地。」

傅華回北京的第二天，就回到駐京辦上班。駐京辦一切還是老樣子，並沒有因爲他離開這幾天有所改變。傅華馬上就陷入冗雜的日常事務之中。

人在忙碌的時候，往往會忘記一些煩心的事，跟金達的矛盾，對工作的不滿，這些都被傅華暫時放到一邊去了。

馬睿同意，加上莫克即將出任海川市市委書記，這讓方晶下定決心，正式跟湯言、鄭堅簽了合作協議，新和集團對海川重機的重組正式開始啓動。

張琳省政協副主席的任命被批准了，送別的酒宴由金達主持，海川四大班子的領導們都出席了，海川大酒店一個大包間裏，二十多個座位坐得滿滿的。

酒桌上，金達先說了些場面話，祝賀張琳高升，然後感謝他對海川作出的貢獻。金達講完後，帶著大家一起敬了張琳。然後是輪流敬酒。

張琳已經明顯感覺到在座的人對他沒有以前那麼熱情，敬酒時，雖然個個臉上帶著笑容，可是都有著例行公事的味道。

喝了一會兒之後，張琳覺得實在有些無趣，就藉口不勝酒力，堅持要回家。眾人挽留了幾句之後，就讓張琳離席了。

酒宴沒了主角，大家也就意興闌珊，匆匆吃了點東西之後，酒宴就散了。

金達看看時間還早，回去也沒什麼事，就對孫守義說：「老孫，我們再找個地方喝茶聊聊天吧？」

孫守義也覺得現在就回去睡覺有點早，就同意說：「行啊。」

兩人就近找了一家茶館，點了一壺龍井，幾碟瓜子開心果之類的小盤。綠油油的茶葉在玻璃杯中浮了起來，一股茶香飄了出來。

金達看著孫守義說：「老孫，我們在一起工作也這麼長時間了，還是第一次這麼悠閒地喝茶聊天啊。」

孫守義笑笑說：「平常我們都有一大堆事情要忙，哪有這個空閒啊。說起來，今天還要感謝張書記呢，不是他提前退席，我們也不會來這裏。」

金達說：「張書記是對省政協的任命不滿意才提前離席的，說起來也挺好笑的，今天他離開，我反而沒有一點輕鬆的感覺。現在想想，也許我們一開始就走錯方向了。」

孫守義看了看金達，不懂金達是什麼意思，納悶地說：「金市長，您的意思是？」

金達感慨地說：「你也清楚張書記是因爲跟我之間鬧矛盾才被調開的，爲了這個，郭書記狠狠地批評了我，說我沒有從大局著眼，只是一味的想跟張書記鬥，我自己也反省了一下，其實我跟張書記並沒有什麼不得了的矛盾，如果一開始我就跟他合作的話，也就不會鬧到今天這種兩敗俱傷的境地。」

孫守義卻不以爲然，說：「金市長，我倒不這樣認爲，我來海川也並沒有想要跟別人鬥什麼啊，但是別人卻不這樣想。您想想，孟森也好，束濤也好，張書記也好，哪一個不是他們找上門來的。我想您跟張書記也是一樣，您的個性並不好鬥，張書記又是一把手，如果不是他欺上門來，你是不會出手的。歸根到底，我們都是被動應戰的。郭書記說讓我們跟人家合作，但人家肯跟我們合作嗎？他們不肯吧。」

金達說：「就算他們不肯，我們也是可以選擇退讓，不必非跟他們鬥個高低的。」

孫守義分析說：「您這種說法，道理上好像說得通，但是實際上卻根本不可能行得通。如果一味的退讓，我們就不用想辦成任何事了，因爲張書記一定不會給你機會的。您應該也清楚，張書記跟您的矛盾，不僅僅是因爲您沒讓他在舊城改造項目上得逞，其實更多是因爲您在海洋科技方面做得太成功，威脅到他市委書記的寶座了。您那麼成功，恐怕不久的將來，他一樣要把市委書記的位置讓出來。因此他出手對付您，也是必然會發生的事啊。」

金達苦笑了一下，說：「現在看來，這一開始就註定了是一場零和的遊戲啊。」

孫守義點點頭說：「對啊，這一開始就註定是這種下場的，郭書記是不瞭解我們的實際情況，才會把責任都怪到您的頭上。」

金達不想去怪郭奎，自責地說：「有些事也是我活該，只是老孫，這次你恐怕要被我拖累了。讓你跟著我折騰這麼久的海川科技園，最後還是無功而返。」

說實話，孫守義對此的確是有些懊惱，但是這一切已經成爲事實，就算去責怪金達，也改變不了什麼。便笑了笑說：「市長您別這麼講，說什麼拖累不拖累的，我們是一個整體，不存在誰拖累誰的問題。」

金達看了看孫守義，他不知道孫守義是在說客套話，還是真的不怪他。就轉了話題，說：「老孫，傅華回北京了吧？」

孫守義點點頭說：「已經回駐京辦上班了。」

金達說：「哦，已經回去上班了，他沒鬧什麼情緒吧？」

孫守義笑笑說：「傅華沒鬧什麼情緒啊，您這麼問，是不是傅華出什麼事情了？」

金達躲開了孫守義看他的眼神，乾笑了一下，說：

「不是傅華出了什麼事，而是我覺得我們對下面的幹部有點不太關心。傅華的前妻和兒子在海川住了一段時間，我們都不知道，也沒法去照顧他們。這次他回來都不跟我們打招呼，估計心裏對我們是有意見了。」

孫守義覺得金達的解釋有些牽強，傅華的前妻和兒子來海川也沒跟市政府報備啊，憑什麼要求市政府照顧他們啊？便笑笑說：「市長，您可能想太多了，傅華可能認爲他這次回來是個人的私事，不需要跟我們講吧。」

金達不置可否地說：「也許是這樣吧。」

「誒，老孫，你覺得副秘書長莫克這個人怎麼樣？」金達接著又問。莫克接任海川市市委書記的消息已經傳遍海川政壇了。

孫守義笑笑說：「市長，我剛才也正想問您這個問題呢，沒想到您倒先問我了。實話說，我雖然見過莫克，但是對他印象不深，感覺他好像長得挺憨厚的，其他就沒什麼印象了。您呢，您是怎麼看這個人的？你在東海時間長，跟他應該比較熟悉吧？」

金達搖搖頭說：「我是比你早認識他，不過，我對他的印象跟你一樣，這個人做事謹慎，你不去特別注意的話，根本就不會注意到他。但是這個人政策水準很高，省委不少大型報告文件都是他弄的，郭書記對他很賞識。」

孫守義質疑說：「這樣的人行嗎？做市委書記可不是寫寫報告文件就行的。省委怎麼會選擇這樣一個人來給我們做一把手呢？」

金達說：「省委可能有他們的考慮吧。這些我們就不要去想了，我們就等著他來，看看要怎麼配合好他的工作吧。」

過了幾天，省長呂紀打電話來，讓金達去齊州一趟，說有事要跟他說。金達匆忙趕到了省政府，找到了呂紀的辦公室。

呂紀看到金達，說：「秀才，來，我給你介紹一位北京來的貴客。」

金達這時才留意到沙發上坐著一位衣著光鮮、貴氣逼人的年輕人，年輕人一看就有別於東海本地人的樣子，就連省長呂紀跟他站在一起，他的風頭也明顯蓋過呂紀。

這讓金達有一種自慚形穢的感覺，心裏有些不太舒服，覺得這個年輕人有點太過張揚，一點都不知道收斂。

年輕人看到呂紀介紹他，就站了起來。

呂紀指了指年輕人，笑笑說：「秀才，這位是湯言，從北京來的，是一個資本運作的高手。」

湯言跟金達握了握手，說：「金市長您好，您可別聽呂叔叔瞎說，我算不上什麼高手，不過是在金融市場上小有斬獲罷了。」

話雖然說得很謙虛，但是語氣卻很自豪，金達越發覺得眼前的這個年輕人很討厭。

金達雖然對湯言的表現不以為然，不過見這人竟然隨便的稱呼呂紀為呂叔叔，心裏清楚這個湯言來歷絕對不簡單，顯然是個官二代。

金達便禮貌性地笑笑說：「你好，湯先生。」

呂紀說：「秀才，告訴你一個好消息，湯言這次到東海來，是想幫你解決海川重機這個大難題的。怎麼樣，高興吧？」

天上是不會隨便掉餡餅的，像湯言這種自己找上門來的商人，說好聽是幫忙解決難題，但是這種好聽話往往都是唬人的，他們一定是看中了海川重機某些有利可圖的地方，想要來賺取巨額財富的。

金達有些戒備了起來，不過呂紀顯得興致勃勃，他不好在這時候跟呂紀唱反調，便裝出一副高興的樣子，笑笑說：「是嗎？那真要感謝湯先生了，海川重機的事可是困惑我們海川市很久的一個大難題，如果湯先生真能幫我們解決掉，那真是太好了。」

湯言姿態很高的說：「金市長不要急著感謝我，我還沒跟你談具體的方案呢。等你先看看這個方案是否可行，我們再來談是否要合作的問題。」

湯言說著，把一份計畫書遞給金達。

金達接了過來，大體翻看了幾頁，整體而言，湯言這份計畫書是做過功課的，符合海川重機的現況，提出的解決方案算是貼合實際，他便對湯言稍微改觀了些。

金達說：「湯先生，我大體看了一下方案，還不錯，不過海川市政府能不能接受，我無法馬上答覆你，你給我幾天時間吧，我需要跟市政府的其他領導研究一下。」

湯言笑笑說：「這是自然。」

呂紀在一旁說：「秀才啊，我知道有些程序是要走的，不過你可要快一點啊，商機可是稍縱即逝的。至於湯言，你放心，他在公司重組這方面是行家高手，相信我吧，他一定能幫你把海川重機這個難題給解決掉的。」

見呂紀話語間竟然有爲湯言擔保的意思，這讓金達覺得手裏的這份計畫書分量一下子重了起來，便趕忙說：「省長放心吧，我回去就馬上開會研究這份方案，我也想早一點解決掉海川重機的問題啊。」

呂紀滿意的說：「對啊，秀才，海川重機的問題必須儘快解決，不然那些工人隔三差五就跑來省裏抗議，省政府不光彩，你們臉上也不好看是吧？趁著這個機會，趕緊把這個問題解決了，我可不想再看到省政府的大門被他們堵住了。」

金達點點頭說：「我一定遵照您的指示，儘快把這個問題解決了。湯先生，你等我的消息吧。」

湯言說：「希望是好消息。我可等著跟你們合作呢。」

從呂紀的辦公室出來，金達拿出手機，習慣性的撥了傅華的號碼。

湯言給他的計畫書誠然不錯，但是湯言有沒有能力實現這份計畫書卻是一個問題，金達想要傅華調查一下湯言的背景，看看湯言真正的實力如何。

就在他要按下撥出鍵的時候，金達才意識到他跟傅華的嫌隙還沒解開，此刻打去，不知道傅華會用什麼態度對他啊？

金達苦笑了一下，心想還是算了吧，反正也不急在一時，還是回去讓孫守義安排傅華做這件工作吧。金達就將手機收了起來。

金達走出省政府辦公大樓，向自己的車子走去，迎面看到省委副秘書長莫克剛從車上下來，心說怎麼會在這兒遇到他了呢。

正在猶豫要不要打招呼時，對面的莫克已經叫道：「這不是金市長嗎？什麼時間到齊州來了？」

莫克先打了招呼，金達自然不能不回話，便笑笑說：「呂紀省長找我有點事，所以我就來了。莫副秘書長來這兒是有什麼事嗎？」

莫克笑笑說：「曲煒秘書長找我來有事情商量。誒，你這是辦完事要回去了嗎？」

金達點點頭說：「是啊。」

莫克熱情地說：「要不要等會兒去我那裏坐一下？我跟曲秘書長的事，幾句話就說完的。」

金達遲疑了一下，莫克邀請他是想幹嘛？他跟這個莫克又沒什麼閒話可扯，便想回絕了，就說：「不好意思，我也很想去坐坐，不過我還有呂省長安排的工作，需要趕緊趕回去跟市裏的同志研究落實，真是沒時間，改天吧。」

莫克也沒再堅持，便說：「那還是呂省長的工作重要，我也沒什麼事，就是想跟你聊聊，以後再說吧。」

金達便跟莫克握手道了再見。

金達上了車，莫克仍等在一旁，金達搖下車窗，揮手向莫克打了招呼。莫克看著金達的車子走遠後，才轉身往政府大樓裏走去。

金達從照後鏡裏看著越來越小的莫克，心裏不禁想道：這個莫克謙虛憨厚，十分熱情，誰看到他都會讚個好，只是他這種表現是發自內心的，還是僅僅是一種表演呢？

那一晚金達和孫守義也探討過這個問題，金達回想他跟莫克所有的接觸情形，發現莫克是一個無聲無息的人，像個隱形人一樣。但這樣的人能夠在東海省委穩步高升，居然凌駕於他之上，要說他一點本事沒有，顯然不太可能。

金達據此認爲這個人的謙遜和低調都是裝出來的，他是還沒得到他想要的舞臺，所以才沒把本性表現出來。現在海川市的市委書記這個舞臺已經向莫克招手了，不知道莫克會在這個舞臺上表演出什麼呢？

在金達想著莫克的爲人時，莫克同樣也在打量著金達。

莫克在走進省政府辦公大樓時，還回頭看了看金達離開的方向。雖然金達剛才好像很友善，但是他可以看得出來，金達對他是有看法的。

莫克注意到金達對他的邀請有一絲的遲疑，金達對他肯定有些心結。他並不相信金達所說的急於回去的說法。金達拒絕，根本就是對他這個未來接任的市委書記有所不滿。

外傳郭奎原本是屬意金達接任市委書記的，這次的調整變起倉促，打亂了郭奎的佈局，郭奎才不得不退而求其次，選擇自己來接任。金達對自己的不滿，應該是與此有關，自己等於是搶了他碗裏的肉啊。

金達做市長，目光一定是盯著市委書記這個位置，自己奪了他的位子，心裏還不知道怎麼恨自己呢，以後要小心這傢伙了。

金達回海川後，就把呂紀省長介紹湯言的事跟孫守義講，孫守義看了看計畫書，感覺上還不錯，就說：「我看這個方案還行，省長算是幫我們解決了一個大難題了。」

金達說：「你先別急著高興，究竟這個湯言是何方神聖我們還不清楚。」

孫守義看了看金達，說：「省長應該不會給我們介紹錯的人吧？」

金達說：「我不是那個意思，不過我們還是事先弄清楚些才好，起碼雙方談判起來，我們也對對方知根知底。」

孫守義說：「那就要讓駐京辦查一下了。」

金達說：「我也是這麼想的，回頭你安排一下這件事。」

孫守義說：「行啊，我跟傅華說一聲好了。」

孫守義就打電話給傅華，說明情況。

傅華聽完，立即說：「這個湯言我知道。」就跟孫守義說明了湯言的基本資料。

孫守義有些詫異地說：「傅華，你怎麼對他如此熟悉，是不是你們接觸過了？」

傅華說：「是的，原本利得集團想要尋找海川重機的買家，我去找我岳父，我岳父就介紹了這個湯言給我。」

孫守義忍不住問道：「這件事你怎麼沒跟市裏彙報啊？」

傅華回說：「我接觸了一下這個湯言，發現他是一個資本玩家，這種人只想從海川重機身上攫取巨額利益，根本就不可能真正的拯救海川重機，所以就放棄了。」

孫守義不禁說道：「你放棄了，人家可沒放棄呢，現在通過呂紀省長找上門來了。」

傅華詫異地說：「他去找呂省長了？一定是他父親出面了。」

孫守義好奇地問：「他的父親是誰啊？」

傅華就說了湯言父親的名字，孫守義聽了，倒抽一口涼氣，說：「湯言居然是他的兒子啊，難怪呂省長會親自出面了。」

傅華接著說：「那現在市裏面是什麼意思啊，準備接受湯言的方案嗎？」

孫守義苦笑了一下，說：「市裏不接受行嗎？別說是湯言的父親了，就是呂省長這邊我們就吃不消了。誒，說了半天，這個湯言是不是玩空手道的啊？」

傅華說：「這倒還好，那傢伙是有實力的。」

孫守義鬆了口氣，說：「那就好，否則事情就難辦了。」

傅華猶豫了一下，忍不住說：「孫副市長，市裏面是不是再考慮一下啊？」

孫守義無奈地說：「傅華，再考慮一下什麼啊？換到你是金市長，你有能力擋得住這件事嗎？好了，我知道你這個人是理想主義者，總想把事情做到完美，但這是不切實際的，就是市裏也知道海川重機已經病入膏肓了，我看了湯言的方案，他們想給海川重機轉換主業，未嘗不是一個很好的解決辦法。」

傅華很清楚，呂紀都出面了，連金達也擋不住湯言，更何況是自己呢，難怪當初湯言可以發下豪語，說他一定可以拿下海川重機了。

傅華也只好說：「那我知道了。」

孫守義掛了電話，傅華的心情頓時差了起來，他明知這對海川重機沒什麼好處，卻只能眼睜睜的看著事情發生而無力阻止，這讓他有一種很深的挫敗感。

這時，手機響了起來，看了看號碼，是振東集團的蘇南，傅華趕忙接通了。

「南哥您好，找我什麼事啊？」傅華問道。

蘇南笑笑說：「傅華，我們好久沒碰面了，在忙什麼啊？」

傅華嘆說：「成天瞎忙，也不知道忙些什麼。」

蘇南說：「那你有時間跟我出來吃頓飯嗎？」

傅華聽了，立即笑說：「南哥找我，沒時間我也得擠時間來啊。去哪裡？」

蘇南不禁說道：「多日不見，傅華，你的嘴倒是甜了很多啊。」

傅華自嘲說：「沒辦法啊，南哥，我雖然是小角色，卻也是身在官場，溜鬚拍馬的本事不學一點，混不下去啊。」

蘇南愣說：「傅華，你最近受了什麼打擊啊？聽這話怎麼覺得你心氣好像很不好，怎麼啦？」

傅華沒勁地說道：「一言難盡啊，南哥。」

蘇南笑笑說：「那晚上跟我們好好聊聊，去曉菲的四合院吧。」

傅華遲疑了一下，說：「去那裏啊。」

蘇南問說：「怎麼了，不行啊？我說傅華啊，你是不是對曉菲有什麼意見，前幾天我去曉菲那兒，曉菲還問起你，說你好久沒露面了。」

自從跟鄭莉在一起之後，傅華就覺得跟曉菲的那一段往事是過去了，不是必要他就不想再去四合院，便隨便找了個理由說：「曉菲那裏不好停車，所以我就不常去了。」

蘇南埋怨說：「你這傢伙很不夠意思啊，曉菲總是你的好朋友吧，就爲了不好停車就不去了？」

傅華想不出更好的說辭，只好告饒說：「好了，南哥，我知錯了。晚上見啦。」

晚上，傅華比約定的時間提前了五分鐘到四合院。

進入四合院後，服務員各自忙碌著，沒有人注意到傅華這個很久沒來的人。院內的擺設依舊，讓傅華感覺時光在這裏似乎沒有流逝過，彷彿昨天他還在這裏吃飯一樣。

傅華問服務員，蘇南訂的位子在哪裡，服務員認出了傅華，笑笑說：「是傅先生啊，你可是好久沒來了。」

「人家娶了新媳婦，躲在家裏甜蜜呢，怎麼還記得這些老朋友呢？」曉菲不知什麼時候出現了，在傅華身後打趣說。

傅華回過頭來，看到滿面笑容的曉菲。曉菲也還是老樣子，一副女王風範，這麼久沒見，絲毫沒什麼改變。

傅華笑笑說：「曉菲，這麼久沒見，你還是那麼漂亮啊。」

曉菲不禁笑說：「喲，傅華，你也會說奉承話了，你是真的覺得我依舊那麼漂亮，還是想打趣說我應該變老了呢？」

傅華趕忙說：「我可沒膽量打趣你啊，你真的還是那麼漂亮。」

曉菲瞅了傅華一眼，說：「傅華，你可是變了不少啊，你身上的那種銳氣哪兒去了，你以前不是經常愛跟我頂嘴嗎？怎麼今天竟然說出沒膽量打趣我這種喪氣話來了？」

傅華笑笑說：「人總要學著成熟嘛。誒，南哥訂的位子在哪裡啊，我們進去坐吧。」

曉菲說：「跟我來吧。」

曉菲就帶著傅華進了一個雅間。

坐定後，曉菲舊情難忘地問道：「傅華，你還好嗎？」

傅華在這個曾經跟自己很親密的女人面前，是無法掩飾自己的，他略帶滄桑地說：「不好，你說的沒錯，我身上的銳氣已經沒了。我好像被那些日常的瑣事給困住了，成天瞎忙，卻不知道這麼忙是爲了什麼。」

「你見老了，怎麼都有白頭髮了？」曉菲說著，很自然地伸手去摸傅華的頭髮。

傅華已經不習慣曉菲這種親暱的舉動，頭扭了一下，閃開了。

曉菲苦笑了一下，把手收了回去，有些失落地說：「真是有意思，沒想到我摸你一下，你竟然會躲開，你忘了，我們曾經是多麼的親密啊。」

傅華趕忙說：「曉菲，南哥快來了，被他看到，對你不好。」

曉菲冷笑了一聲，說：「是怕被你老婆知道了不好吧？膽小鬼。」

這時蘇南到了，正問著服務員：「我的客人到了沒有？」

傅華聽到蘇南的聲音，趕忙打開雅間的門迎了出來，說：「南哥，我到了。」

蘇南便走了過來，說：「傅華，你早到了啊？來，我給你介紹一個貴賓，這位是鄧叔。」

傅華這才注意到蘇南身後還跟著一位五十多歲的男人，男人的頭髮有些花白，面龐清癯，眼睛爍爍有神，很有威嚴，看上去就是一個很有氣勢的男人。

鄧叔伸出手來，笑著說：「你好啊，小傅同志，很高興認識你。」

傅華也立即伸出手，說：「您好，鄧叔，我也很高興認識您。」

傅華可以感覺得到這個鄧叔握起手來很有力，他的手被握得都有些痛了，他覺得這個男人肯定是執掌大權的人物，握起手來才會這麼的有自信。

曉菲這時從雅間出來，訝異地說：「鄧叔，您怎麼來了？」

鄧叔笑笑說：「曉菲，怎麼，你這地方我不能來啊？」

曉菲說：「看您這話說的，我歡迎您還來不及呢，怎麼會不能來呢。我只是有點意外您會到我這兒來。」

鄧叔解釋說：「我是來看蘇老，正好遇到蘇南，他說你搞了一家北京風味的四合院，我就跟他過來看看了。」又道：「曉菲，你這裏很不錯啊，這裏的擺設讓我看到了老北京原來的樣子，這才是接地氣的東西啊。」

曉菲說：「鄧叔您誇獎了，我當初搞這個四合院，就是因爲現在老北京的東西越來越少了，就想把這些老北京的風味保留一點。」

鄧叔稱讚說：「你做的很好。」

曉菲不好意思地說：「咱們別這麼站著說話了，趕緊進去坐吧。」

四人就進了雅間坐了下來。

傅華猜測這個鄧叔一定是蘇南的父親蘇老的部下，所以曉菲和蘇南都認識他。看來鄧叔是今晚的主角，今晚的話題一定是圍繞著曉菲、蘇南和鄧叔之間展開了。

沒想到坐定後，鄧老卻把關注的目光投向了傅華，他笑笑說：「誒，小傅同志，我聽蘇南說，你是海川駐京辦的主任？」

傅華點點頭，說：「是的。」

鄧叔又問：「所以你做的也就是跑部錢進的工作了？」

傅華笑笑說：「鄧叔，您這麼說就有點偏頗了，我的工作是有一部分涉及到跟中央部委審批資金，但並不是駐京辦在北京拉關係走門路，就能弄到大筆資金的。這是外界對駐京辦的一種誤解。」

鄧叔聽了，說：「那你是怎麼做駐京辦的工作的呢？」

傅華看了鄧叔一眼，心中有些奇怪，這個人怎麼會問這些跟駐京辦相關的問題啊？有點不對勁，便忍不住說：「鄧叔，您爲什麼會對駐京辦這麼感興趣啊？」

蘇南這時插話說：「傅華，鄧叔只是想了解一下，你跟他說說嘛。」

傅華便點點頭說：「行，我就說說我個人的看法吧。其實駐京辦是一個事務性的部門，更多的是做一些提交資料、聯絡溝通、接待來京人員之類的工作。這裏面當然也有些吃吃喝喝、送禮拉關係之類的事，不過都是小打小鬧，真正大的項目本身就很少，能攤上一兩個，駐京辦這個層級出面是不夠的。所以外面風傳駐京辦的存在帶壞了官場的風氣，真是有點太誇大了，駐京辦不過是現下官場風氣的代罪羔羊罷了。」

鄧叔笑說：「小傅啊，叫你這麼一說，好像駐京辦還成了很辛苦的服務單位了。」

傅華說：「鄧叔，您是不瞭解駐京辦的日常工作，您如果有時間跟我跑一天，就會明白這活有多辛苦了。」

曉菲笑了，說：「鄧叔那麼忙，哪有時間陪你瞎溜達啊。」

傅華發著牢騷說：「是啊，我們成天就是在瞎溜達，上面有什麼招商了，想上什麼項目了，就來拼命的逼你，你就得想盡辦法，四處找人溝通。跑成了是領導們的政績；跑不成呢，是你的失職，好像我們什麼事都應該辦成似的。這其中的甘苦只有身在其中的人才會知道。」

蘇南聽了傅華的抱怨，不禁說道：「傅華，有些日子沒見你，你什麼時候變得這麼消沉啊？」

傅華無奈地說：「南哥，有些事你不知道。前些日子，趙婷因爲受不了她現在丈夫的糾纏，帶著兒子去海川暫住，結果半夜兒子生病，發高燒，趙婷哭著打電話給我，嚇得我半死。這讓我想到當初我跟趙婷離婚的情形，那時我不知道怎麼像中邪了，那麼重視駐京辦的工作，甚至在趙婷生產的時候，我還留在北京，沒去澳洲陪她，才導致我們離婚。這些往事讓我想到我這麼辛苦的工作是爲了什麼？難道就是爲了給領導一份亮眼的政績嗎？搞得我現在妻離子散的，我這是何苦呢？這有點背離我當初進駐京辦的初衷了。」

曉菲看了傅華一眼，不禁想起當初傅華離婚那時心情的糾結和痛苦。

鄧叔說：「小傅，說說看，你原來進駐京辦的初衷是什麼？」

傅華回憶說：「說起來並不高尙，當時我是海川市長曲煒的秘書，因爲跟我相依爲命的母親去世，那種氛圍壓得我喘不過氣來，就想逃離海川，於是曲市長同意讓我來北京，我想駐京辦這邊比較自由，又可以遠離官場核心，沒那麼多的利益糾纏，就接下了這個駐京辦主任的位子。哪知道這裏雖然遠在北京，卻沒有一天能擺脫海川官場的影響，有時候反而成了風暴核心，讓我不勝其擾。這些南哥應該都知道吧？」

蘇南笑說：「是啊，我知道，誰讓你那麼能幹呢。我那時不是還想通過你在海川拿項目嗎，結果敗在劉康手裏。」

傅華苦笑說：「因爲那件事，我差點把命都搭上，但一個朋友就沒我那麼幸運了。」

蘇南說：「你是說吳雯吧？」

傅華點點頭，沮喪地說：「是啊，說起來她幫過我大忙，在她危急的時候，我卻沒能幫到她什麼。唉，怎麼說到這兒了。也許我當初就不該來蹚這灣渾水，自己做點小生意就沒這麼多事了。」

鄧叔聽了，開導說：「小傅，你這個想法可要不得，如果大家都像你一樣，遇到苦難就退縮，那這個社會會成什麼樣子啊？誰沒個難處啊？」

傅華看了看鄧叔，猜測說：「我看鄧叔應該是一個手握重柄的高官，像您這樣也會有難處嗎？」

鄧叔笑了起來，「家家有本難念的經，誰沒難處啊？你們東海省的郭奎書記就沒難處嗎？」

傅華也笑了，說：「這倒也是，郭書記也是有難處的，就像這一次市委書記和市長鬧矛盾，搞得他不得不調開市委書記，而他原本想讓市長接任市委書記的算盤就落空了，不得不選擇另一個人來接任市委書記。」

鄧叔說：「看來你對東海的政局很瞭解啊。」

傅華說：「也談不上瞭解吧，也就是聽到一些消息而已。」

鄧叔說：「那你怎麼看現在東海的政局啊？」

傅華笑說：「我一個小小的駐京辦主任在這裏談什麼東海的政局啊，說出去會讓人笑掉大牙的。」

鄧叔輕鬆地說：「我們這是閒談而已，你不妨說之，我們也姑妄聽之。」

傅華瞅了眼鄧叔，說：「這好嗎？」

鄧叔鼓勵說：「這有什麼不好的？在我面前就別裝了吧，私底下，恐怕你們連最高層也會拿做談資的吧？」

傅華笑笑說：「那我就姑妄說之了。我就先從這次海川市委書記的調整說起吧，現在風傳省委副秘書長莫克即將接任海川市委書記。上面之所以選擇莫克，裏面是有很大的學問的。表面上看，莫克這個人看上去很溫和，跟市長金達可以很好的搭班子，但我覺得選擇他，更多是與莫克的身分來歷有關。莫克是從江北調到東海省來的，他跟東海省本土派是有距離的，所以我認為選擇莫克並不是郭奎的意思，而是另一個空降派呂紀的意思。呂紀選擇莫克就是為了卡位，不讓海川市落入本土派的掌握之中。」

鄧叔聽了，說：「小傅，叫你這麼一分析，好像東海政壇很有陰謀的味道了。」

傅華笑笑說：「這不是陰謀，而是權謀。說到底，不論多高級別，多有才能的領導，他們想搞好工作，都離不開一個用人的問題。在關鍵的位置上能安排上自己的人，才能把這個關鍵的位置掌握住，即使這個人不太合適，也好過被對手把這個位置給拿去。」

鄧叔饒有意味地說：「這個道理我懂，只是你又是怎麼看出用莫克是呂紀的意思，而非郭奎的意思呢？」

傅華分析說：「這就要從他們兩個人的用人風格上來解釋了。郭書記喜歡用的人，是那種雷厲風行，性格直率的。我原來跟的曲煒市長，還有現在的金達市長，都是這種風格的人。而這個莫克，沒傳出他要做海川市委書記之前，大家基本上對這個人都沒什麼印象，他根本就不是郭書記喜歡的類型。」

鄧叔又問：「那麼郭奎反對這個任命了嗎？」

傅華想了想說：「這個倒沒有，這應該是郭書記作球給呂紀的。我聽說在常委會上，是呂紀先提出莫克這個人選的，郭書記馬上就表示贊同。這有點類似唐太宗對李勣的做法。」

鄧叔不禁笑說：「這裏面還有歷史典故啊，有意思，說出來聽聽是怎麼回事。」

傅華解釋說：「是這樣的，唐太宗臨終時，考慮到太子李治對李勣沒什麼恩惠，擔心他死後李勣不爲李治賣命，就下詔把李勣貶爲疊州都督，讓李治再重新啓用他，從而施恩於李勣。郭書記雖然並沒有貶抑莫克，卻在即將離開東海省前，讓呂紀提名莫克出任海川市委書記，顯然是借鑒唐太宗的做法，讓呂紀施恩於莫克。」

鄧叔點頭說道：「聽起來還挺頭頭是道的。」

傅華笑說：「鄧叔笑話了，這是我個人的一點看法，在你眼中肯定不值一哂的。」

鄧叔搖搖頭說：「我沒笑話你，你說的很有道理，我想，如果換成我是郭奎，估計我也會這麼做的。小傅同志，你對東海省的本土派又是怎麼看的？」

傅華說：「東海省的本土派現在是以孟副省長為代表。傳聞呂紀接了郭奎的位置，孟副省長就有可能接替呂紀省長的位子。」

鄧叔問：「你覺得這個傳聞能成為現實嗎？」

傅華回答：「這就要分成兩個部分，一是呂紀能不能接任省委書記，還有孟副省長能不能接任省長。我認為這兩個部分現在基本上都已經可以確定的了。」

鄧叔笑說：「你是說兩人都能如願？」

傅華說：「我不是那個意思，我是說他們能不能上位，現在都已經確定下來了，呂紀確定是會接任省委書記的，而孟副省長則確定沒戲了。」

第九章

貓戲老鼠

傅華心裏十分火氣，湯言根本就是在跟他玩貓戲老鼠的遊戲，
他努力克制情緒，心說自己不能上他這個當，
如果老是被湯言激怒，可就上了湯言的當了。你要跟我玩遊戲不是嗎，我就陪你玩好了。

鄧叔眼睛亮了一下，此時他的神情嚴肅了起來，看了看傅華，說：

「你爲什麼會得出這個結論呢？我聽說孟副省長要接省長的消息在東海傳得很兇啊，你怎麼會認爲他接不了省長呢？還有，中央並沒有明確的任命出來，你又怎麼就能判斷呂紀一定會接任省委書記呢？」

傅華緩緩說道：「我先說呂紀好了，呂紀先後在幾個省工作過，履歷豐富，歷練充分，一看就知道是被上面重點培養的幹部，現在有合適的時機，上面不會不讓他接替省委書記的。再說孟副省長，孟副省長鬧的動靜太大，好像東海省省長非他莫屬一樣，反而露出虛張聲勢的本相來了。」

鄧叔反問道：「你是說現在外面傳得那麼兇，是孟副省長爲自己製造的輿論？」

傅華點點頭，說：「我個人認爲是如此。再說，這個孟副省長在東海省官聲並不好，行爲很不檢點，上面不會對此視而不見的，所以我認爲他這次想要如願，怕是很難。」

鄧叔回頭看了蘇南一眼，笑笑說：「你這個朋友眼光很獨到啊。」

蘇南笑笑說：「他確實很有頭腦。」

鄧叔又對著傅華說：「你剛才說孟副省長行爲不檢點，有什麼根據嗎？」

傅華說：「別的情況我不知道，我只知道這個孟副省長跟海川一個老闆叫孟森的走得很近，孟森是最近幾年在海川崛起的一個流氓頭子，黃賭毒無所不爲，在海川惡名昭彰。

孟副省長卻跟他過從甚密，還幫他弄上省政協委員，為他添了一層保護色。你說孟副省長這麼做，是不是跟孟森存有什麼不正當的交易啊？我說他行為不檢點已經是很客氣啦。」

鄧叔聽了讚嘆說：「小傅同志，你的觀察力很敏銳啊，我覺得你留在駐京辦真是大才小用了。」

傅華不知道鄧叔這麼說是譏諷他還是真心稱讚他，不過他覺得自己今天說這些有點多話了，便靦腆地說：「鄧叔，不好意思，剛才一時興起就多嘴了。其實我不過是個小小的駐京辦主任，是沒有資格批評這些大人物的。您千萬別笑我猖狂。」

鄧叔笑笑說：「你別緊張，我說你大才小用不是譏笑你，是真的覺得你應該有更大的發展。」

傅華搖了搖頭，說：「鄧叔，您還是不瞭解我這個人，我這個人逍遙慣了，不喜歡捲入太多的是非當中去，駐京辦比較適合我。」

鄧叔看了傅華一眼，說：「你們這些年輕人啊，怎麼這個樣子呢，一個個都是對現狀一肚子不滿，可是都不願意站出來改變這個現狀，你們為什麼就不能挺身而出呢？」

傅華搖了搖頭，說：「鄧叔啊，我只是一個很低階的官員，並沒有太大的理想，挺身而出就不必了，我想社會上目前最不缺的就是官員了，往往一個位置後面早就有好多人在排著隊呢，我就不去跟他們爭了。」

鄧叔不禁笑笑說：「小傅同志，你這可是有點犬儒主義的味道啊。」

犬儒主義是古希臘四大哲學學派之一，一般認為是蘇格拉底的弟子安提斯泰尼提出的，當時奉行這一主義的哲學家或思想家，他們的舉止言談、行為方式，甚至生活態度與狗的某些特徵很相似，他們旁若無人、放浪形骸、不知廉恥，卻忠誠可靠、敵我分明。於是人們就稱這些人為犬儒，意思是像狗一樣的人。

早期的犬儒是極其嚴肅的，主張要揭穿世間的一切偽善，追求真正的德行，但是後來的犬儒主義演變成依然蔑視世俗的觀念，卻失去了依據的道德原則。於是，憤世嫉俗就變成了玩世不恭，從熱衷於批評社會，變成了政治冷感。

傅華聽鄧叔把他這種行為定位成犬儒主義，不由得笑了起來，說：

「鄧叔，我還從來沒有認真想過我這種行為的定性，不過想想，您提到的這個犬儒主義，倒好像挺符合我的。我這個人要求並不高，只想在不違背自己原則的前提下，過好自己的生活，我沒有那種獻身精神，也不想拯救這個世界，我覺得那挺假的。」

鄧叔不禁搖了搖頭，說：

「你們這些年輕人啊，怎麼精神境界這麼低呢？光考慮個人利益怎麼行？你們一個個的都跑去獨善其身了，這個社會不就完蛋了嗎？你知道你為什麼找不著行動的方向了嗎？就是你沒有獻身的精神。要知道工作不是為了領導幹的，而是為了海川幾百萬的市民。你明確了這個目標，不是就沒那麼迷茫了？」

沒想到鄧叔講出這麼番大道理來，傅華想，這個鄧叔還真是會唱高調，便有點厭煩，他瞅了眼蘇南，心說：南哥，你把這個鄧叔搞來算是怎麼一回事啊？我本來就心煩，你又找了這麼個人教訓我，這不是讓我心裏添堵嗎？

只是蘇南似乎對鄧叔有些敬畏，看到傅華看他，並沒有要為傅華說話的意思。

傅華見蘇南沒有為他解圍的樣子，鄧叔還瞪著眼等他回答，便自嘲地說：

「鄧叔，可能您的精神境界比較高吧，但是就我接觸到的這些官員，他們的境界就沒那麼高了，我也希望大家都能考慮人民的利益，但是現實社會並不是這個樣子。領導們都不這麼想，就我一個人這麼做，會跟人家格格不入的。我現在的苦惱就在這裏，我想堅守原則，卻又不想跟人格格不入，您說我該怎麼辦？堅守嗎？那我就成了海川政壇上的大傻瓜了。」

鄧叔質問他：「為什麼你就不能做這個傻瓜呢？」

傅華有些無語，他不知道該如何跟鄧叔解釋，便看了看蘇南，說：「南哥，您該說句話了，不用別的，就說說振東集團是怎麼經營的就行了。」

蘇南看了看鄧叔，苦笑了一下，剛想說什麼，鄧叔衝他揮了揮手，說：

「蘇南，你不用跟我講，你鄧叔我不是不瞭解這個社會現況的老頑固，我知道現下的社會風氣是什麼樣子。但是你想沒想過，爲什麼現下的社會風氣會這麼敗壞？除了一些官員本身道德敗壞的因素之外，像小傅這種有理想有正氣的官員對敗壞的社會風氣採取了消極的態度，也是一個很重要的因素。就是因爲你們這種做法，才縱容滋長了這種敗壞的社會風氣，讓那些人膽子大了起來，才敢爲所欲爲。如果大家都能挺身而出，不去容忍這種敗壞的社會風氣，挺身而出，那他們根本就沒有存活的空間。這才是我要求你們站出來的主要原因。」

傅華從鄧叔身上看到了一種近似偏執的性格，這種偏執帶有一種理想主義色彩，在讀書的時候，他身上也曾經充滿了這種理想主義的色彩，但是踏入社會後，自己很快就被社會給同化掉了，變得世俗功利，不再堅持曾經有過的理想。

傅華洩氣地說：「鄧叔，雖然我知道您說的這個道理，您的話也很鼓舞人心，但是我必須說，我就是一個小小的官員，我能做好本職工作就已經不錯了，也許您可以這麼偉大，但是我做不到。」

鄧叔笑說：「你這個小傅，就是太理智了。太理智有時候並不是件好事。誒，對了，你說的海川市市委書記張琳跑到郭奎那裏揭發金達市長，這是怎麼一回事啊？」

傅華越加疑惑了，說：「鄧叔，您究竟是做什麼的啊，怎麼對東海省的事這麼感興趣啊？」

鄧叔聳聳肩說：「我就是跟你聊得高興，想找個話題而已，怎麼，不方便講啊？」

傅華說：「倒沒有不方便講。好吧，我就跟您說吧，也讓您知道一下理想跟現實之間究竟有多大的鴻溝。說起我們海川這一二把手來，他們原本還是關係很不錯的……」

傅華就講了金達和張琳從一開始的和諧關係，到後來張琳看到金達搞海洋科技園聲勢日高，逐漸防備金達，之後又爲了爭奪舊城改造項目的主導權反目成仇，最終決裂的整個演變過程。

傅華總結說：「鄧叔，您看出來沒有，張書記和市長的這種矛盾，好像就是一種慣例。原本我跟的那個市長曲煒，也是跟市委書記孫永產生矛盾，被孫永抓了小辮子，最後只好到省府做秘書長去了。孫永跟後來的市長徐正關係也是不睦，徐正差一點就被孫永擠出海川，只是後來孫永自己的行徑敗露，徐正才沒被擠走。就海川來說，政治舞臺上的那些角色，沒有一個是像您所說的那種肯爲社會大眾挺身而出的人，他們考慮的都是自己的仕途，自身的利益。這些大官都這樣，你要求我們挺身而出，現實嗎？」

鄧叔笑說：「你是等著反擊我呢，好了，我們不去討論這些理論性的問題了，還是來談點實際的吧。你剛才提到金市長跟地方上企業違規的事，這又是怎麼回事啊？」

傅華說：「事情是這樣子的，有一家雲龍公司……」

鄧叔聽：「這個金達還不錯，自律很嚴嘛。」

傅華不以爲然地說：「鄧叔，我覺得你忽略了重點，雲龍公司的項目本身是違規的，金達作爲市長不去查處，本身也是違規的。按照您的理論，對這種行爲是不應該予以姑息的，您怎麼反而稱讚起金達來了呢？」

鄧叔笑了，說：「你這個小傅，我說那麼幾句話就被你咬住不放了。很明顯，郭奎不去處置這個項目，是認爲在這個時間點很敏感，處置它肯定會牽連一大批人，因而此時不合適。這是一個策略性的問題。」

傅華忍不住說：「鄧叔，您跟他們是不是統一過口徑啊，怎麼你們這些領導們說出來的話都是一個調調?!當初我發現這個項目有問題時，就提醒過金達，結果被金達訓了一頓，不讓我插手管。結果呢，現在更牽涉到省裏的一些部門，就更不好處理了。您沒見過金達，可能不瞭解這個人，這個人就是像您說的那種勇於挺身而出的幹部。他做副市長的時候，可以跟市長在常務會上吵起來，只因爲他覺得市長的方案是錯的。但是當他成爲主政者後，他的行徑就有了一百八十度的轉彎，身上的原則性都沒有了，開始向現實妥協，最終也成了同流合污的一分子了。」

鄧叔搖搖頭說：「小傅，這次你就錯了，雲龍公司的事不會到此爲止的，現在這個時間點不處理是一種策略。等這個敏感時機一過，東海省政府一定會處理的。」

看傅華用疑惑的眼神看著他，鄧叔俏皮的笑了，說：「怎麼，你不信啊，要不要跟我打個賭啊？」

傅華想了想，說：「行，這個賭我跟您賭了。如果東海省政府能徹底處理雲龍公司這個項目，我就認輸！」

鄧叔笑笑說：「好啊。」

傅華又說：「那賭什麼呢？」

鄧叔笑說：「我們小賭，怡情就好，賭注就象徵性的設定爲一百塊吧，可以嗎？」

傅華笑了，說道：「那就這麼說定了。我就等著贏你這一百塊了，雖然我寧願輸掉這個賭局。」

鄧叔有趣地說：「看來你信心滿滿啊，那我就拭目以待了。誒，說完這些亂七八糟的事，我們再來談點好的方面吧。金達的那個海川科技園搞得很轟動啊，報紙新聞經常見到相關的報導，你說說，你是怎麼去看這個項目的？」

傅華克制不住好奇心，忍不住說：「您還真是關心東海省的情況啊，是不是您要到東海任職啊？」

鄧叔說：「瞎說，我去東海任什麼職啊，我跟你們東海省學學經驗不行嗎？」

傅華心中雖然十分疑惑，但也不好多問，便笑笑說：

「怎麼不行，說起來，金達這個海洋科技園設想是發源於他當初做的一份海洋發展戰略。海川是個沿海大市，發展海洋戰略勢在必行。最近這些年，由於近海漁業資源枯竭，養殖業各自為政，金達考慮到這些因素，因而提出了海洋發展戰略，並把計劃送給郭奎和呂紀看，呂紀一看就很欣賞，正好迎合了他想把東海打造成藍色經濟大省的設想。後來金達就以這份海洋發展戰略為基礎，提出了海洋科技園這個項目。」

鄧叔聽了說：「這個設想很好啊。」

傅華說：「這算是金達為海川市民做了件好事。雖然他這麼做的目的不一定真是這麼純正。」

鄧叔笑說：「你管他什麼目的，結果好就行了。」

到此，關於海川的話題算是告一個段落，菜陸續上來，鄧叔的注意力便轉移到曉菲的四合院上去了。

酒宴結束，鄧叔顯得很高興，臨上蘇南車的時候，還跟傅華握了握手，說：「小傅啊，今天跟你聊得很高興啊。」

傅華笑笑說：「我也是。」

鄧叔跟蘇南先離開了，傅華轉身也要去拿自己的車，曉菲從後面拉了他胳膊一下，說：「你先別急著走。」

傅華愣了一下，轉頭看了曉菲一眼，正碰上曉菲灼熱的眼神，趕忙低下頭問道：「還有事？」

曉菲笑說：「你躲開我的眼神幹嘛？膽小鬼！我是想告訴你，你今天打的那個賭，恐怕已經輸了。」

傅華說：「勝負現在還很難講啊，我不認爲我就一定會輸。」

曉菲說：「那如果我跟你說，鄧叔很可能要去東海省做省長，你還這麼有自信嗎？」

傅華笑了起來，說：「這個我早就猜到了，如果不是他即將跟東海省發生什麼聯繫，他是不會問我那麼多東海省的事的。」

曉菲好奇地問：「那你還跟他打那個賭？」

傅華說：「我是希望他能贏的，不過，恐怕他還真是贏不了。」

曉菲更加好奇了：「你就這麼有自信？跟你打賭的可是省長啊！」

傅華笑笑說：「省長又怎麼樣呢，省長也有他辦不到的事。」

曉菲不禁用欣賞的眼神看著傅華說：「你現在這個樣子，很有當年跟我在一起時的風采啊。」

傅華被曉菲看得很不好意思，趕忙低下頭說：「時間很晚了，我要回家了。再見吧，曉菲。」

曉菲動情地說：「傅華，我們總是在一起過，就算做不成情人，還是可以做朋友的，我這裏始終歡迎你，心情實在悶的話，可以來找我聊聊。」

傅華心想，我現在的麻煩已經夠多了，再添上你的話，恐怕會亂成一鍋粥的。不過他對曉菲跟他說這些話，還是很感動，便點點頭說：「行，有時間我會過來的。」

曉菲見傅華答應了，滿意地點點頭說：「那趕緊回去吧，別讓鄭莉在家等久了。」

傅華回到家，鄭莉還沒睡著，看到傅華回來，便問：「跟南哥聊得還好吧？」

傅華笑笑說：「南哥倒沒跟我說多少話，他是幫人做奸細的。」

鄭莉笑了，說：「南哥怎麼會做奸細呢？」

傅華說：「他帶了一個叫鄧叔的人過來，問了我很多東海的事，後來曉菲跟我說，鄧叔很可能要去東海做省長，我才明白南哥帶他來見我，是想從我這裏摸出一點底的。」

鄭莉詫異地說：「他帶省長去見你？真的假的。」

傅華笑笑說：「估計是真的，雖然鄧叔口風很緊，但若不是要去東海任職，問我那麼多東海的事幹嘛，所以八成是了。」

鄭莉好奇地問道：「什麼樣的人啊？」

傅華說：「這人很有氣勢，一看就有高官的樣子，他還嫌我不夠積極，太頹廢了，對我好一頓訓呢。」

鄭莉笑說：「訓訓你也不錯，你最近的確很消沈，是需要一個人來打醒你了。」

傅華感慨說：「也許吧，這個鄧叔的訓話內容雖然有些陳腐，但是還挺有那種氣勢的，有一點我也很贊同他說的，就是大家都不挺身而出改變社會風氣的話，那整個社會可能就完了。雖然我不可能改變整個社會的風氣，但是我還是願意盡一份力量。所以我不想再逃避啦，做好自己想做的事就是了。」

鄭莉聽了，高興地說：「老公，你總算想開了。其實困住你的人是你自己，只要過了心裏那一關，你就會發現這個社會其實也不是那麼灰色的。」

傅華笑笑說：「是啊，我現在覺得心情好多了。」

第二天上班的時候，孫守義便跟金達彙報了湯言的情況。

金達對湯言的背景也是大吃一驚，立即明白爲什麼呂紀要親自出面了，估計呂紀也是受了不少的壓力。

金達皺了皺眉頭，說：「老孫啊，這恐怕是一根難啃的骨頭啊。」

湯言是呂紀推薦來的，家庭背景又這麼硬，這等於把海川市政府跟他議價的空間壓縮到了一個極低的程度。

湯言盛氣凌人的態度，一看就不是好說話的人，他也不可能在海川重機重組方面表現大方的，否則根本就無須找呂紀出面。找呂紀出面，就是想用呂紀這個省長的權勢，壓著海川市接受他的方案。

但是另一方面，海川重機還有一大堆工人等著海川市政府解決目前面臨的生活困境呢。如果按照湯言的重組方案執行，這些工人就得下崗重新安置了，他們已經經過上訪圍堵政府這些事的歷練，胃口都高了起來，想要輕易打發他們顯然是不太可能的。

這兩者間的矛盾很難協調，十分考驗著海川市政府的執政智慧。

孫守義便看了看金達，說：「那市長您的意思是？」

金達苦笑說：「我還能有什麼意思啊？這事我們能不辦嗎？」

孫守義也說：「是啊，看來我們沒別的選擇了，現在的關鍵是怎麼辦好這件事，讓兩邊都滿意。」

金達苦惱地說：「我們這是夾縫裏求生存，想要左右逢源，恐怕不太可能。」

孫守義點點頭，說：「是不太可能，但是我們還是得想辦法解決這個問題啊。要不，想辦法先拖著？」

金達不解地說：「拖著幹嘛？」

孫守義說：「等海川市的新書記上任啊。」

金達明白孫守義的意思了，孫守義是想拖到新的書記上任，然後把事情交給新書記來處理，這樣，出了問題就會由新書記承擔了。

金達不想這麼做，雖然他並不喜歡即將接任的莫克，但也不想讓莫克一來就接這個燙手的山芋。誰都不是傻瓜，莫克不會看不出來這是市政府故意拖著，想要他來處理這個難題。那樣的話，莫克跟他的關係一開始就會緊張起來的。

有了張琳的教訓，金達不想重蹈覆轍，因此這個辦法顯然不可行。

金達搖搖頭說：「這個不行，那會一來就把市政府和市委的關係搞僵的。再說，呂紀省長還在看著我們呢，他不會喜歡看到我們故意拖延這個問題的。」

孫守義聽了，點點頭說：「您說的也是。」

金達最後下了結論說：「事情總會有解決的辦法的，我們先把湯言的方案提交到常務會議上討論一下，通過的話，我們就啓動跟湯言的重組談判，一步步去做吧。」

孫守義說：「也只好這個樣子了。」

金達想了想又說：「對了，這件事讓傅華也參與進來吧。一來，他是個很有辦法的人，也許能幫我們爭取一個比較好的方案出來；二來，湯言的公司在北京，讓駐京辦居中聯絡正合適。」

孫守義聽了說：「這好嗎？我聽傅華的語氣，好像對湯言很有意見，讓他參與，恐怕會起反作用的。」

金達搖搖頭說：「傅華那個人我瞭解，責任感很強，即使他對湯言反感，也不會搞什麼破壞的。再說，他主要是擔起聯絡的作用，應該不會影響到事情本身的。」

孫守義想想說：「那行，回頭常務會議討論通過了的話，我跟他說一聲。」

這件事就在常務會議上被提了出來，與會的人一致同意展開跟湯言啓動海川重機的重組談判。

金達就把會議結果跟呂紀做了彙報，呂紀聽完後，指示說：「秀才，既然你們市政府通過了，那之後就是你們跟湯言之間的事，我可就不管了。你們就跟湯言好好商量一下看要怎麼辦才能得到一個最好的結果吧。不過有一點，你們一定要記住，一定要做好工人們的安置，千萬不能釀成大的抗爭，否則我唯你是問。」

金達暗自苦笑，又要讓湯言在其中賺取巨額的利益，又想要工人們不鬧事，這種兩全其美的事哪裡找啊？

金達卻不得不硬著頭皮說：「省長放心，我一定會處理好的。」

呂紀滿意地說：「那我就等著聽你們的好消息啦。」

這邊孫守義也把市政府的決議通知了傅華，說市政府讓他參與海川重機的重組工作，傅華爽快地說：「行，我服從市裏面的安排。」

傅華這麼痛快地答應，反倒把孫守義弄得一愣，按照他的想像，傅華不應該是這種態度的，上次他明明是反對湯言搞這次重組的，怎麼這次什麼都沒說就接受了呢？這傢伙是怎麼想的啊，不會是想破壞這件事吧？

他遲疑了一下，說：「傅華，這件事對市裏很重要，是一定要辦好的，我可不希望有人在其中搗亂，你明白嗎？」

傅華笑說：「放心吧，孫副市長，我雖然對湯言有意見，但是我還沒忘記我是海川市政府的一分子，對市政府的決議，我會嚴格履行的。」

孫守義聽了說：「你能這麼想就好。市政府讓你參與這個重組案，是有兩方面的因素，一是你參與過利得集團重組海川重機的運作，對海川重機重組情況很熟悉；二是湯言的公司在北京，駐京辦居中聯絡比較方便。」

傅華說：「我明白了。需要我做什麼，您就吩咐吧。」

孫守義交代說：「那你就先跟湯言聯繫一下，說明你是海川市市政府在北京的聯絡人員，今後海川重機重組的事，湯言可以直接找你聯繫溝通，然後問湯言什麼時間方便，可以啓動關於海川重機重組的談判。」

於是傅華就打電話給湯言。

湯言接了電話，說：「傅主任找我有什麼事啊？」

傅華笑笑說：「湯少，我剛接到海川市政府的通知，已經通過重新啓動海川重機重組的談判，並讓駐京辦作爲居中聯絡機構，以後湯少在重組方面有什麼事，可以直接跟駐京辦聯絡。」

湯言聽完，哈哈大笑了起來，好半天才止住笑聲，說：「傅主任，這可是你自己送上門來的啊，我可沒讓你們市政府做這個安排啊。」

傅華笑笑說：「我知道，這確實是市政府自己的安排。其實也無所謂了，就算是湯少要求市政府這麼做，我也會盡我的職責的，所以你也無須這麼得意。」

湯言不禁埋怨說：「傅主任啊，你就這點不好，老是喜歡說一些讓人掃興的話，你讓我多得意一會兒不行啊？」

傅華笑笑說：「行，怎麼不行啊？湯少想要得意是嗎，繼續啊，我等你。」

湯言就有些無趣了，說：「你真是太煞風景了。好啦，你是聯絡人我知道了，還有別的事是我需要知道的嗎？」

傅華說：「還有，市政府讓我問你，什麼時間方便啓動重組談判？」

湯言笑笑說：「這個我會儘快安排出時間來的。傅主任，什麼時間我們倆先見見面吧，有些事我需要跟你交代一下。」

傅華遲疑了一下：「什麼事啊，電話裏說不行嗎？」

湯言說：「有些事電話裏說不清楚，怎麼，不會是不敢見我吧？」

傅華想想，自己做這個聯絡人，不可能不跟湯言見面，就說：「行啊，你有時間就過來駐京辦吧。」

湯言笑說：「你們那裏我覺得不方便，晚上你來鼎福俱樂部吧，我在那兒等你。」

湯言說要到鼎福俱樂部見面，傅華本能的覺得湯言又不知道是要搞什麼把戲了，便說道：「湯言，你別太過分啊！」

湯言裝糊塗說：「我不懂你什麼意思，我哪裡過分了？」

傅華正色說：「談工作就到工作場合去，你把見面地點安排在鼎福俱樂部想要幹什麼啊，又想捉弄我嗎？」

湯言笑說：「傅主任，你可真是一朝被蛇咬，十年怕草繩啊。我捉弄你幹嘛，那裏就是我談工作的地方。你來不來啊？你不來的話，我就跟你們市政府反映，說你這個聯絡人不盡職啊。」

傅華忍不住在心裏罵了句娘，這個湯言真不是東西，竟然拿市政府來壓他。算了，也不值得爲了這點小事就跟湯言生氣，便沒好氣的說：「行，你說去鼎福就鼎福吧。」

湯言高興地說：「算你識相。」

晚上，傅華來到鼎福俱樂部，湯言已經在包間裏等候了。

看到傅華到了，湯言便招呼說：「坐吧，傅主任，喝點什麼？」

傅華說：「水就好了。」

湯言卻拿起桌上的馬爹利，給傅華倒了一杯，然後說：「喝水?不用那麼小心，一杯酒而已嘛。」

傅華懶得去跟湯言爭辯，說：「隨你便，說吧，找我來是想交代什麼事?」

湯言語帶抱怨說：「傅主任，你這樣可不是一個合作的態度啊。不管怎麼說，大家總是合作夥伴，客氣一點不行嗎?」

傅華看了看湯言，說：「你到底有事沒事啊，沒事的話，我就走了。」

湯言噓了聲說：「你這人就是不經逗。好了，我叫你來當然是有事了，是這樣子，你應該知道公司重組操作是極為機密的，稍有消息洩露，就可能影響到重組的大局，我找你來呢，是想跟你說，你在這個聯絡過程中所知道的一切消息都必須嚴格保密，尤其是不能洩露給你在頂峰證券那個相好的。」

傅華愣了一下，隨即道：「湯言，你說話檢點一點，什麼相好的?」

湯言笑說：「傅華，你別這麼緊張，我說的是誰，你心裏不會不清楚吧?」

傅華沒好氣地說：「我不清楚，我在頂峰證券沒什麼相好的。」

湯言搖搖頭，說：「傅華，別裝啦，你跟頂峰那個業務經理談紅關係那麼好，經常出雙入對的去吃飯，這些頂峰的人都告訴我了。」

傅華看了湯言一眼，說：「湯言，你在調查我？你太過分了吧？」

湯言冷冷地說：「你別這個樣子，我沒有要查你，你還沒那麼重要。我是因爲頂峰證劵操盤過海川重機，就想瞭解一下頂峰證劵現在的倉位情況和操盤手的基本資料，知己知彼，方能百戰不殆，這不過分吧？在調查過程中，人家說起你跟談紅的事，我總不能當不知道吧？說實話，傅華，女人這方面我還真是服了你，左擁右抱的，豔福不淺啊。」

傅華瞪了一眼湯言，說：「你別胡說八道啊，我跟談紅只是工作關係，完全不涉及私情的。」

湯言笑說：「別裝了，我見過談紅，也是個美人，大家都是男人，有點什麼都能理解的，你放心，我不會跟小莉說的。」

傅華聽了，生氣地說：「你在說什麼啊，我們本來就是清白的，你別這麼夾七纏八的好不好。」

湯言說：「你們有沒有那種關係我不管，不過，我還有一些海川重機的股票在頂峰證劵手裏，所以你的嘴最好緊一點，別在床上把我們重組的秘密都洩漏給你的相好了。」

傅華再也忍不住了，他站起來，指著湯言說：

「你夠了吧，你要我保密直說就好了，又是上床又是相好的，這簡直是在侮辱我。湯言，我警告你，你再這個樣子，我可對你不客氣啊。」

看傅華發火，湯言並不緊張，反而笑了起來，老神在在地說：

「好了，你不會這麼沒風度吧？你們沒有私情就沒有吧，這麼緊張幹嘛？行了，坐下來吧。」

傅華心裏十分火氣，湯言根本就是在跟他玩貓戲老鼠的遊戲呢，他努力克制情緒，心說自己不能上他這個當，既然接受參與這個案子，就要做好這個工作，如果老是被湯言激怒，可就上了湯言的當了。你要跟我玩遊戲不是嗎，我就陪你玩好了。

傅華就坐了下來，拿起湯言倒給他的馬爹利喝了一口，然後笑笑說：

「我沒想到湯少原來是這麼風趣的一個人啊，是我沒幽默感了。你還有別的事要跟我說嗎？」

看到傅華這麼快就從被激怒的狀態平靜下來，湯言反而愣了一下，這傢伙倒是很有自制力啊。湯言正想說些什麼，方晶在這時候進來了。

方晶看到傅華，笑說：「這不是傅主任嗎？」

傅華說：「老闆娘還記得我啊？」

方晶笑笑說：「當然記得啦，您這是跟湯少有事要商量？」

傅華立刻回說：「什麼商量啊，是湯少吩咐我要做什麼，誒，湯少，還有什麼事要交代的嗎？」

湯言也沒什麼要吩咐傅華的了，就笑笑說：

「沒事了，下面就是玩樂時間了。老闆娘，讓你們的公關經理帶幾個小姐過來，要漂亮的啊，傅主任的眼光可是很高的。」

傅華嚴肅地說：「湯少，你如果沒事，我就要回去了，小莉還在家裏等著我呢。」

方晶一聽，立刻說：「傅主任，這可不行啊，怎麼一點面子都不給湯少啊？幹嘛急著回去呢，是嫌我們這兒不好玩，還是女孩子不漂亮啊？」

傅華笑笑說：「不是我不給湯少面子，也不是你們這兒不好，是我個人的原因，我再晚回去，家裏就要河東獅吼了。」

湯言清楚，就算傅華留下來，也是不敢放開手腳去玩的，這傢伙受了上次的教訓，一定會很謹慎，把他硬留下來也沒意思，便笑笑說：

「行，既然傅主任急著回去，那我就不留你了。回頭我什麼時候要去海川，我會通知你的。就這樣吧。」

傅華就告辭離開了。

方晶看著傅華離去的背影，忍不住說：「這傢伙還挺小心的。」

湯言冷笑一聲，說：「上次他被我捉弄了一次，當然會小心防範我了。今天我要他過來，他已經很不情願了，所以來也是打著十二分的小心才來的。」

方晶笑了，說：「原來是這樣啊，看來你要算計他還真是很難啊。誒，我聽你說你要去海川，是準備要啓動海川重機的重組了嗎？」

湯言點點頭，說：「是要啓動了，現在前面的準備工作已經差不多了，是啓動重組談判的時候了。我準備把手頭的工作收一收，然後騰出幾天時間跑一趟海川。」

方晶問：「需要我跟你去嗎？」

湯言笑說：「怎麼，不放心我，怕我拿著你的錢跑了？」

方晶聞言笑說：「那我倒不怕，我是想去海川實地看看我要參與的這家海川重機公司，究竟是個什麼樣子的公司。」

湯言趕忙說：「千萬別看，看了之後你就沒信心了。」

方晶愣了一下，說：「這話是什麼意思啊？」

湯言笑說：「老闆娘，你是沒入股市這一行，所以對股市的操作手法有些陌生。你別看股市上那些公司公開的資料都很亮眼，實際上，那些資料十家有九家是假的，就算有一家半家的不假，業績也是有不少水分的。懂行的人都知道這一點，所以那些所謂的調研、分析報告啊什麼的，都是沒用的。」

方晶笑說：「哦，真的假的，這不成騙子了嗎？」

湯言笑笑說：「你說的一點都不錯，目前的股市就是一個騙子的市場，上市公司、股票分析員，大家都在騙，他們可以把一家爛到腳跟的公司吹得天花亂墜。也可以把一家質素還不錯的公司貶得一文不值。誰的騙術高明誰就能賺錢。倒楣的就是那些散戶了，他們拿著省吃儉用出來的錢進入股市，夢想著能夠在股市上大發利市，但其實他們最終大多都做了騙子們的盤中餐了。」

方晶看了看湯言，笑說：「不用說，湯少你是這其中的大鱷了？」

湯言搖搖頭說：「我沒那麼厲害，比起小散戶來，可能我算是大鱷；但是跟真正的大鱷比起來，我根本不夠看呢。」

方晶聽了，笑說：「湯少在我們這些人眼中可已經算是大鱷了。誒，湯少，你的邁巴赫最近怎麼都不開來了？」

湯言說：「邁巴赫鎖起來了，我家老爺子嫌我太招搖了。」

方晶笑說：「這倒也是，你那輛車太拉風了，會給老爺子招來不少物議的。」

第十章

巔峰狀態

女人的癲狂帶動了孟副省長，他忘記身外一切的煩心事，幾近達到癲狂的狀態。這次的快樂比以往都持久，當孟副省長到達巔峰時，感覺渾身發熱，整個人都飄了起來，然後身子一軟，就癱在女人香膩的身體上了。

方晶又跟湯言聊了一會兒重組的事，這才離開包間。

雖然談了這麼多重組的事，不過從始至終，方晶一個字都沒提她的舊同事莫克可能要做海川市市委書記的事。

這倒不是因爲莫克的事還沒定局，現在還不方便說。而是方晶覺得莫克的事可以作爲她的一個殺手鐧，不到必要的時候，她還不想把這個殺手鐧給使出來。

說到底，雖然方晶跟湯言達成了合作協議，但是心中始終不能完全信任他們，這些傢伙都是在商場上打過很多滾的人，都已經修煉成精了，不小心些，會被他們算計的。

自從馬睿跟方晶說了莫克可能要做海川市市委書記之後，幾次方晶都想打電話去跟莫克聊一聊，但都放棄了。

莫克現在還沒成爲海川市市委書記，現在去找他，好像還爲時過早。另一方面，方晶總覺得莫克爲人有點假，如果不是必要，她也不太想去跟這個人接觸。

第二天，方晶睡到中午才起床，開了手機之後，發現有個號碼連續打了好幾通找她，心裏很納悶是什麼人，他不知道她這種做服務業的，通常都要到中午才會起床嗎？這應該不是熟人的電話。

她本來想不管的，猶豫了一下，還是回撥了過去。

電話很快接通了，那邊一個男人說：「哎呀，方晶，你這個電話好難打啊。」

聽到聲音，方晶馬上就知道是誰了，原來是莫克。她把莫克的電話只記在電話本上，並沒有輸入手機裏，所以才沒顯示出莫克的名字來。

方晶笑笑說：「原來是莫副秘書長啊，不是我的電話難打，是我通常上午都關機的，您也知道，我這行都是黑白顛倒的。」

莫克說：「原來是這樣啊，我還以爲你給我的號碼不對呢。害得我差一點要打電話問馬副部長了。」

方晶覺得莫克的話有點誇張，一時找不著人，也不需要這麼急吧？這個人做什麼都有點假惺惺的味道，便笑笑說：「怎麼，找我有事啊？」

莫克說：「是我有件喜事要告訴你一下。」

一聽喜事，方晶心中就猜測八成是市委書記的任命下來了。

果然，莫克接著說：「我剛接到消息，東海省委決定任命我爲海川市的市委書記了。」

方晶說：「那真要恭喜您了。」

莫克高興地說：「謝謝，方晶啊，你是我第一個通知這個好消息的朋友，你不是要在海川搞項目嗎？現在你有什麼需要的話，可以來找我。」

方晶有點意外，她在江北省政府的時候，跟莫克私人間並無太多往來，印象中，莫克是離她很遠的，爲什麼他會把這種喜事第一個通知她呢？難道莫克真是古道熱腸，想要幫她的忙嗎？就算是想幫她的忙，表現得也有點太急了點。

方晶笑笑說：「那我可真是要謝謝您了。」

莫克說：「謝什麼啊，我們是老同事了，應該幫忙的。誒，方晶啊，我很快就會到海川上任，你要不要找個時間過來考察一下，看到什麼合適的項目都可以跟我說，我來幫你搞定。」

莫克顯出了張狂的意味，這跟方晶印象中的莫克不太相符，方晶記得莫克是很謹慎小心的人，沒想到一做了市委書記，整個人就像變了個樣子，竟然主動給她打起包票來了。

方晶不太喜歡莫克這種做法，有點小人得志的感覺，不過她還是需要跟莫克保持著良好的關係，便應酬說：「老領導，我會找個時間去看您的。」

莫克看方晶答應了，便說：「你可要儘快成行啊，我會盼著你的到來的。」

莫克這麼催促，讓方晶感覺到了一點異樣，這句話似乎也有曖昧的意味在其中，難道莫克對她有什麼別的想法嗎？

郭奎並沒有送莫克去海川上任，而是讓呂紀以省委副書記的身分出馬。某種程度上，這似乎暗示著東海省權力格局的轉換：郭奎即將交班，呂紀即將上位。

在宣布任命的大會上，莫克的表現一如既往的謙卑和低調，不過話雖說的很謙虛，在講話的同時，莫克卻快速的掃視了一下臺下的幹部們。

看到這些一個個看上去面無表情的人即將成爲他的屬下，以後都會對他畢恭畢敬，他心中莫名的浮起一陣興奮，心說：我莫克終於有出頭的一天，海川將成爲我的天下了。

笑容不可抑制的出現在莫克臉上，他馬上發現了自己的失態，便趕緊把笑容收了起來，再度板起臉來。這一笑一收，轉換極快，如果這一刻有人注意到的話，一定會覺得莫克的臉看上去很是詭異。

會議開完已是中午，呂紀就留在海川吃飯。

省長在，大家都要看省長的臉色，沒有人敢隨便放肆，這頓飯吃得不輕鬆，呂紀沒讓上酒，宴會就又少了這個潤滑劑，氣氛顯得更加沉悶，因此很快就結束了。

結束後，呂紀要回省裏，便勉勵了莫克幾句，這才上了車。

上車後，又招手讓金達過去，金達趕忙走到呂紀車邊。

呂紀說：「秀才啊，這幾天找個時間去省委，他很快就要離開東海了。」

金達是郭奎一手帶起來的心愛弟子，呂紀讓金達去送送郭奎，也是體貼郭奎的一種做法。金達立即點點頭，說：「我知道了，明天就去。」

呂紀又說：「還有，那個湯言的事，開沒開始辦啊？」

金達回答說：「我已經通知湯言可以展開談判了，只是他北京暫時有事走不開，所以還沒過來。」

呂紀很滿意事情的進度，便點點頭，說：「行，我知道了，走了。」這才離開。

呂紀最後叫金達過去說話的舉動，看在莫克眼中，心裏很不是滋味。

本來今天是呂紀來宣布他的任命，焦點人物應該是他這個市委書記才對，但是呂紀最後這個小動作，讓他的風采一下就被金達奪走了。這個動作等於是向海川市政壇表示，金達才是跟他更親密的人，遠勝於跟他莫克。

這一刻，莫克甚至有些懷疑，呂紀向省委推薦他接任市委書記，並不是賞識他的才能，而是覺得他比較憨厚老實，由他來做這個市委書記，不會對金達威脅太大，將來還方便將位置騰出來給金達。

莫克在心中罵了句，臉上憨厚的笑容就顯得有點僵硬了。

送走呂紀之後，金達和其他領導一起送莫克去原來市委書記的辦公室。

坐定後，金達向莫克表示了歡迎，又聊了些別的事情，金達就說要離開，讓莫克有時間可以收拾一下。

莫克走到門口時，說：「金市長，我來海川工作，我那口子也想跟來，你看市裏面是不是可以幫我安排一下。」

金達愣了一下，有點被將了一軍的感覺，這倒不是因爲市裏面不好安排莫克的妻子，而是因爲他到海川來工作這麼久，妻子萬菊卻仍在齊州，相比莫克一來就準備把妻子調來，顯得他有點不安於在海川工作的意味。

莫克這麼做是不是故意的啊？金達心裏不禁有些彆扭。

但金達馬上就恢復常態，笑笑說：「嫂子要來，那是好事啊，看來嫂子對您的工作很支持啊，回頭我在常委會提出來大家研究一下，看給嫂子安排一個什麼工作比較好。」

莫克笑笑說：「還研究什麼，我家那口子是搞審計工作的，把她平調過來，讓她繼續搞審計就好了。」

金達說：「那怎麼行，怎麼說嫂子也是支持您的工作才來海川的，海川市不能就那麼簡單安排了，一定要研究一下。」

莫克看了一眼金達，說：「那行，就上常委會研究吧。」

因爲要去看郭奎，當晚金達跟莫克打了個招呼，就回了齊州。

回家後，萬菊已經做好飯菜等他。

金達看一桌的豐盛菜肴，萬菊很少對他這麼殷勤，便看了萬菊一眼，笑笑說：「今天怎麼對我這麼好啊？」

萬菊語帶歉意的說：「老公，那個市委書記本來應該是你的，卻被我給搞砸了，真是對不起啊。」

原來萬菊以爲他是因爲看到莫克接任市委書記，心裏不舒服才回家來的。

他搖搖頭，握著萬菊的手，說：「你以爲我會那麼在乎官位啊？我不是因爲那個才回來的。郭書記可能很快就要調離海川了，我回來，是想在他走之前去看看他的。」

萬菊看了看金達，說：「真的不是因爲莫克上任的事？你別安慰我了。」

金達說：「老婆，你別再把雲龍公司那件事放在心上了，你是被人算計了，我一直都沒怪你。再說，我們夫妻這麼多年了，我不會因爲這點小事就傷害我們的感情的。」

萬菊難過地說：「可是，你在海川那麼辛苦，不就是爲了能夠上一個臺階嗎？這一切都被我毀於一旦了。」

金達笑說：「我承認市委書記這個位置對我很有吸引力，但是它再重要，也沒你重要。以前我還不理解傅華爲什麼寧願放棄上升的仕途守在北京。現在我理解了，家庭比仕途重要，在面臨抉擇的時候，我寧願選擇家庭，所以雲龍公司的事你就忘記吧，我們好好過我們的日子就好了。」

萬菊感動的哽咽道：「老公……」

金達輕輕地拍了一下萬菊的手，說：「好了，吃飯吧，再不吃飯菜就涼了。」

早上，郭奎看到金達出現在他辦公室的時候，詫異地說：「秀才啊，你跑來幹嘛？」

雖然郭奎的語氣仍然是那麼灑脫，但是金達卻從他的表情中看出了幾分落寞。權力對一個人的支撐竟然這麼明顯啊，它能讓一個擁有權力的老人，像個年輕人一樣活力充沛；也能讓一個原本活力充沛的人一夜之間變得蒼老。即使是像郭奎這麼豁達的人都難逃這個權力的魔咒。

金達說：「昨天呂紀省長跟我說您即將離開東海省，我就想來看看您。」

郭奎笑笑說：「秀才，你們這些讀書人就是婆媽，來看什麼啊，我是去北京工作，又不是去送死。」

話雖這麼說，但是金達看得出郭奎還是很欣慰自己來看他的，便說：「您去了北京，我再想看您，就不像現在這麼方便了。」

郭奎開玩笑說：「你這是什麼意思啊，我去北京你就不打算去看我啦？」

金達趕忙說：「我可不是那個意思，我是說不像現在想起您來，就可以馬上跑來看看您那麼方便了。」

郭奎打趣說：「你還會想起我啊，你就不怕我教訓你嗎？」

金達笑笑說：「不怕，我還真是願意被您教訓呢，每次被您訓了一頓之後，我就豁然開朗了。」

郭奎不禁笑說：「被訓了還這麼高興，秀才你可是有點賤骨頭了。好了，你來也好，我正好有些話要跟你說。我馬上就要到北京去，今後就是你想讓我訓怕也是很難了，秀才啊，你好自爲之吧。」

金達沉重地說：「郭書記您放心吧，我一定會好好工作，不會給您丟臉的。」

郭奎點點頭，說：「秀才，你這話我相信，你是個認真的人，說了就會做到。」

金達笑笑說：「還是郭書記您瞭解我。」

郭奎說：「你是我看著一步步成長起來的，我不瞭解你，誰瞭解你啊？秀才啊，你這個人身上的優點和缺點都很明顯。優點是你做事認真，講原則；缺點是：你有時太認真，太講原則了。太過認真就不夠融通，就會碰壁。你明白我的意思嗎？」

金達苦笑了一下說：「明白是明白，不過這是個性問題，不是我想改就能改的。」

郭奎說：「這點算是你有自知之明。誒，你對你們新任的市委書記莫克怎麼看啊？」

金達回說：「莫書記人挺好的，我會服從組織的安排，配合好他的工作的。」

郭奎瞪了金達一眼，說：「別給我打官腔，我想聽的是你真正的想法。」

金達不好意思說：「我對他沒什麼看法，感覺上就是老好人一個。」

郭奎又說：「那你覺得，他這個好人是真的，還是裝出來的？」

金達沒想到郭奎竟會問出這個問題來，似乎郭奎對莫克並不滿意，就偷著看了郭奎一眼。

郭奎眼睛一瞪，說：「你看我幹嘛，你就說你真實的想法。」

金達說：「我覺得他是裝出來的，沒有人能那麼好的。」

郭奎點點頭說：「秀才，你的看法跟我是一致的，我也覺得這個莫克有點虛僞。他跟你雖然都是搞政策研究出身的，但是他沒有你身上的那種直爽。他給我的感覺是，怎麼說呢，對了，就是看不透。我這雙老眼也看過很多人，能讓我都覺得看不透，可見這傢伙僞裝得有多深了。」

金達說：「是啊，我也覺得他捉摸不透啊。」

郭奎說：「任用莫克，是呂紀省長的意思，我並不贊同，不過一時間也找不到比莫克更合適的人選，只好先將就了。秀才，今後跟這個人配合，你要多點心眼，提防他一些。通常這種長期隱藏自己、壓抑自己的人，性格都會有些扭曲的。現在他又有了自己的舞臺，我擔心他會做出以前他不敢做的一些事來，你心中要有數。」

金達點點頭，說：「我會注意的。」

郭奎又交代說：「還有秀才，海川雲龍公司違規的項目你也要想辦法處置一下，這件事現在很多人都知道了，想遮掩是遮掩不過去的。我離開東海後，東海肯定馬上就要進行一場權力洗牌。雲龍公司那個項目始終是你的一個致命傷，新上來的省長可能會抓住你這件事不放。」

金達皺了一下眉，說：「這件事牽涉到省裏不少部門，我怎麼處置啊，搞不好把省裏的一些部門都給得罪了。」

郭奎說：「這件事我也想了很久，確實是很不好處理。不過也不是沒辦法。我覺得你可以這麼做，讓國土部門查處他們，適當的處罰一下，這樣就表示你們海川市政府處置了這個違規的行動，也就可以交代的過去了。」

金達說：「您是想讓我以罰代管？」

郭奎說：「對啊，現在看，這可能是最能行得通的方法了，但是你的行動一定要快，要趕在別人揪出這件事情之前，否則的話，你就很被動了。」

金達說：「我明白了，回去我就安排下去。」

郭奎又教誨說：「秀才啊，這件事對你來說，不能不說是一個慘重的教訓，如果你當初一發現就處置，也不至於現在養癰爲患了。這就是你沒經驗的地方了，以後你要學的事還多著呢。」

金達苦笑說：「是啊，這次的教訓不能不說慘重。誒，郭書記，您提到了新任省長，是不是新任的省長已經確定是誰了？」

郭奎搖搖頭說：「據我瞭解，還沒確定下來，孟副省長想爭這個位置，上下活動的厲害，據我瞭解，中央卻傾向從外省調一個人來接任。現在正在拉鋸，還不能確定是誰來接任這個省長。」

金達皺眉問：「孟副省長的機會大嗎？」

郭奎笑笑說：「你不用皺眉，如果是孟副省長接任省長，對你來說，未嘗不是一件好事呢。」

金達擔心地說：「您可能不瞭解，孟副省長對我是有看法的。」

郭奎說：「我怎麼不瞭解啊，孟副省長是因爲孟森才對你有看法的，對吧？」

金達點點頭，說：「是，我阻撓了孟森和東濤拿下舊城改造項目，那幫人肯定對我恨之入骨。孟副省長如果接了省長，一定會想辦法整我的。」

郭奎說：「秀才，你的政治敏感度還是不行啊。孟副省長如果接了省長，雲龍公司這件事就可以算是過去了，他不會再去拿這件事去揪你的小辮子的。」

金達不明白郭奎爲什麼會這麼認爲，他看了一眼郭奎。

郭奎笑說：「不明白了是吧？那我告訴你，孟副省長所依賴的，都是東海本省的勢力，他如果查雲龍公司這件事的話，必然會有不少東海本土幹部牽涉其中，查到最後，可能還沒傷到你，他自己就損失慘重了。他不是傻瓜，不會做這種蠢事的。倒是如果中央派人來東海做這個省長的話，便可以下殺手處置一批東海的幹部，借機樹立他省長的權威。我最擔心的就是這一點。」

金達懷疑地說：「中央還不一定會從外地調人過來的。」

郭奎分析說：「中央既然有意調人過來，就說明中央對孟副省長並不信任，孟副省長這些年做事也不太檢點，中央那邊不會對他的事一點都不瞭解的。所以我猜測現在雖然還沒決定，但是八成以上是要從外地調人過來的。所以秀才啊，你要做好必要的準備，把雲龍公司的事情處理好，知道嗎？」

金達點點頭，說：「我知道了郭書記，我一定會按照您的吩咐把事情做好的。」

郭奎又用慈祥的眼神看了看金達，最後說：「秀才啊，我這個老頭子總算是在政壇打拼了這麼多年，今後我不在東海，你有什麼事情拿不準時，就趕緊打電話給我，我幫你參謀一下，知道嗎？」

金達知道郭奎這麼囑咐，是爲他擔心，心中十分感動，說道：「郭書記，您放心，我以後做事一定會再三思量再去做，不會再讓您這麼操心了。」

郭奎笑說：「秀才啊，希望你能記住跟我說的這句話。」

金達回到海川後，把孫守義找了來，跟孫守義講想處置雲龍公司的事。

孫守義聽了，質疑說：「金市長，現在處置這件事好嗎？這件事牽涉很廣，處置起來會很麻煩的。」

金達說：「現在這事已經鬧得路人皆知，我怕我們不處置，會成爲別人攻訐我們的導火線的。」

孫守義爲難地說：「可是怎麼處置啊？我怕處置重了，會對我們的招商有影響。」

金達想了想說：「這件事情我想過啦，也不能處置的太重，處置重了，影響太大。我的意思是讓國土局找個理由處罰他們一下就行了。」

孫守義馬上就懂金達的意思了，便點點頭說：「我明白您的意思了，那我馬上去安排國土局做這件事。」

金達說：「再是你跟海平區區長陳鵬說一下市裏面對這件事的想法，讓他安撫一下雲龍公司，別讓雲龍公司不知好歹的再鬧出什麼事端出來。」

孫守義說：「這倒是，我看這個陳鵬跟雲龍公司的關係很密切，跟他說一下，他自然會跟雲龍公司說的。」

金達說：「希望這件事能夠這樣妥善的解決了，千萬不要再生出什麼事端來了。」

於是孫守義就安排國土局對雲龍公司的用地情況進行調查，同時打電話跟陳鵬說了市裏的意思。陳鵬自然趕緊通報給雲龍公司，錢總明白市裏這麼操作必然是有原因的，因此對國土局的調查十分配合。

國土局對雲龍公司的調查結果還沒出來，郭奎新職務的任命就發佈了。

呂紀接任了東海省委書記，由於新的東海省長還在難產，他的省長職務並沒有被免去，暫時省委書記、省長一肩挑。

這讓孟副省長很是煎熬，看來呂紀還要霸佔這個職務一段時間啊。

孟副省長就趕忙打電話給北京的朋友詢問情況，果然，他的朋友告訴他，中央之所以遲遲不下這個任命，是因爲中央覺得東海省的省長位置很關鍵，必須要選一個各方面都過硬的人出任才行。而孟副省長似乎並不是這樣的人。而且還跟一些有過惡跡的人往來甚密，政聲很差，選擇他做東海省的省長，對東海省的人民不好交代。

聽到這裏，孟副省長就好像被人兜頭澆了一盆冰水一樣，從頭涼到了腳。

他趕忙爲自己辯解說：「這是污蔑，是有些人怕我當上省長造的謠。我孟某人可是行得正坐得端的。」

朋友笑了，說：「你先別急嘛老孟，中央也不是就這麼下結論了。還是有人支持你的，說你在東海工作這麼多年，熟悉東海的情況，經驗豐富，沒有人再比你更適合東海省長這個職務了。」

朋友雖然這麼說，孟副省長心卻並沒有放鬆下來，中央之所以遲遲不能下這個決心，肯定是因爲他的競爭對手實力不弱，便問道：「中央現在是不是還有別的人選？」

朋友坦承說道：「這倒是有，據說嶺南省的省委副書記鄧子峰各方面條件都很不錯，高層有人很欣賞他，屬意讓他來出任東海省省長。」

孟副省長急了，說：「他一個嶺南省的副書記跑到我們東海省來幹嘛，中央這不是瞎搞嗎？」

朋友笑說：「你先別急，我們還在幫你爭取中。這段時間你可要注意啊，千萬別鬧出什麼事來，否則大家都不好幫你說話了。」

孟副省長趕緊說：「行，我會注意的。不過你們也要加把勁，多幫我爭取一下。」

朋友打包票說：「那是一定的，我們也希望你能再上一個臺階。」

掛了電話後，孟副省長開始焦躁不安起來，現在又冒出一個鄧子峰來，要跟他爭東海省長職務，他爭取到的機率就降到了百分之五十，能不能爭取得到就很難說了，這怎麼能不讓他心裏煩躁呢？

孟副省長就想找個地方發洩一下，不然的話，煩躁的情緒會逼得他發瘋的。可是朋友又叮囑說最近不要鬧出什麼事來，這可如何是好。

在屋裏轉了一會兒之後，孟副省長心頭的煩躁還是沒辦法壓下去，他決定不管了，該出去玩就出去玩，小心一點就是了。

孟副省長就打電話給孟森，要想玩得過癮，就得找孟森這種人來安排，孟森是最瞭解他想要什麼的人。

孟森很快接了電話，問道：「孟副省長，有什麼指示？」

孟副省長說：「小孟啊，我這幾天心情很煩，想去你那兒玩一下，你安排個車過來吧。」

孟森立即巴結說：「行啊，這兩天剛好來了兩個好貨色，還沒動過封的，原本就想找機會孝敬您的。」

孟副省長高興地說道：「算你有良心。不過你那裏前段時間才被查過，我現在去沒什麼問題嗎？」

孟森笑說：「他們查到的只是表面，真正關鍵的地方哪能讓他們查到啊。您放心來吧，我包您十二分的安全。」

孟副省長滿意地說：「那就好，不過我去海川的消息，除了你之外，不要讓任何人知道啊。現在是非常時期，很多人都在盯著我呢，我們都得小心。」

孟森聽了說：「那這樣吧，我自己去齊州接您。」

孟副省長笑笑說：「那最好不過了，我等你。」

傍晚時分，孟森就到了齊州，接了孟副省長就往海川趕。

在路上，孟副省長一直望著窗外不說話，孟森看他不說話，自己也不好開口，車內的氣氛就很沉悶。

過了一會兒，孟副省長自己都覺得有些沉悶，就對孟森說：「小孟啊，弄點音樂出來聽聽。」

孟森就打開了音響，結果放出來的都是一些時下流行的歌曲，還沒聽上一首，孟副省長就聽不下去了，喊了句：「關了關了，這都是什麼東西，驢叫一樣。」

孟森趕忙關掉了，看了看坐在後座的孟副省長，說：「省長，我這可是最流行的音樂，沒別的了。」

孟副省長抱怨著說：「現在怎麼流行這麼些玩意？夠煩人的。」

孟森忍不住說：「省長啊，我看是您心裏煩悶的關係，什麼事讓您煩成這個樣子啊？」

孟副省長嘆了口氣，大吐苦水說：「小孟啊，現在煮熟的鴨子可能要飛了，你說我能不心煩嗎？」

孟森詫異地說：「您是說省長的位子？難道還有人敢跟您爭嗎？」

孟副省長說：「怎麼沒有啊，現在羊圈裏蹦出頭驢來，聽說嶺南省一個叫鄧子峰的傢伙在跟我爭這個位置。」

孟森笑笑說：「他怎麼能爭得過您呢？你在東海基礎多深厚啊，他拿什麼跟您爭啊！你讓他來東海省試試，您整不死他才怪。」

孟副省長聽了，笑說：「小孟啊，我就愛聽你說話，你說話解氣。是啊，姓鄧的這傢伙如果真的敢來，看我不整死他。」

孟副省長心情愉快了些，便開始把興趣轉移到別的地方去，問道：「小孟啊，你這次給我準備的貨色漂亮嗎？」

孟森邪笑了起來，說：「不漂亮我敢給您嗎？我什麼時候讓你失望過啊，都是最頂尖的，還沒被男人碰過的。」

孟副省長咽了一下口水，稱讚說：「嗯，你小孟準備的從來都是一頂一的好貨色。」

孟森拍著馬屁說：「是啊，我一向都是以讓您滿意爲標準的。」

孟副省長笑笑說：「滿意是滿意，不過，還有一點小小的遺憾。」

孟森愣了一下，說：「我哪裡做的不好了，您說，我馬上改進。」

孟副省長欲言又止地說：「不是你做的不好，而是有些女人天生就是這個樣子，不是你能改變的。」

孟森奇怪地說：「究竟是什麼啊，說出來聽聽嘛。」

孟副省長說：「你知道你給我玩的都是那些沒開封過的，她們沒有那方面的經驗，在床上就表現的很死板，也不知道怎麼配合，讓人有點不夠味的感覺。不過這也是必然的，她們沒經歷過男人，就不知道那種事的美妙，顯得死板也是正常的。」

孟森笑了起來，說：「哦，我當是什麼事呢，你嫌她們死板早跟我說啊，我保證能讓她們熱情如火起來。」

孟副省長愣說：「你有辦法？事先聲明，我可不喜歡別人玩過的二手貨啊。」

孟森拍拍胸脯說：「您放心吧，我怎麼可能給您二手貨呢，保證是一手，還能讓您欲仙欲死。」

孟副省長淫邪的說：「真的嗎？有什麼辦法啊？」

孟森說：「我手裏有一種藥叫K粉，也有人叫約會藥，只要在事前給她們服下去，保證讓她們貞女變蕩婦。」

孟副省長愣了一下，說：「是毒品啊？」

孟森說：「也算不上什麼毒品，只不過有人喜歡用一點來提高性趣，事後也沒什麼害處的。」

孟副省長不放心，皺了一下眉頭，說：「這不會出什麼事吧？」

孟森打包票說：「能出什麼事啊，又不是給您吃。至於那些女人，我會給她們控制用量的，保證她們只會快樂，不會有什麼後果的。」

孟副省長壓抑不住想要嘗試一下的好奇心，便說：「行，你就弄吧，不過要小心些，千萬別給用過量了。」

孟森說：「您放心，我在這方面也是行家高手了，絕對不可能用過量的。」

孟副省長聽了，不禁躍躍欲試說：「那今晚我真要好好嘗試一下了。」

孟森笑說：「包你爽到爆。」

兩人哈哈大笑了起來。

車子繼續前行了一段時間，孟森問道：「省長啊，您跟我們新來的市委書記有沒有什麼交情啊？」

孟副省長說：「沒什麼交情，他原本是郭奎手下的人，跟我本來就沒什麼交集。你問這個幹嘛？」

孟森嘆說：「這不是舊城改造項目卡在那裏了嗎？我和束濤爲這個項目付出了很多金錢，現在公司拿不到這個項目，營運都很困難，就想能不能早點重新啓動招標。」

孟副省長說：「這樣啊，小孟，我現在不方便出面幫你們什麼。這件事你等等吧，等東海省長任命下來，我來幫你們跟金達說說。我想海川是不可能老是把這個項目擱置在那兒的，就是金達，他也會趕緊把這個項目給發包出去的。」

孟森說：「金達這傢伙可是看我和束濤不順眼的，就算他把項目發包出去，也不會把它給我和束濤的。」

孟副省長很有把握地說：「現在的金達可再也不能像以前那個樣子了，護著他的郭奎走了，呂紀雖然也欣賞他，但是終究不如郭奎那麼護著他。他現在沒了底氣，估計行事風格會收斂些，到時我如果接了省長，出面跟他打個招呼，估計他不敢不聽的。」

孟森笑笑說：「那我就等著您成爲省長的好消息了。」

到了海川。

孟森的夜總會還處於停業的狀態，霓虹燈什麼的都沒開，顯得一片死寂。

孟副省長納悶的說：「小孟啊，這裏怎麼冷冷清清的啊？」

孟森笑了起來，說：「這裏被公安部門處罰停業整頓六個月，自然很冷清了。」

孟副省長困惑地問：「那你還帶我到這裏來？」

孟森笑說：「省長，你想想，還有一個地方比被處罰過的地方更安全的嗎？誰會想到這停業整頓的背後另有玄機呢？」

孟副省長一聽也忍不住笑了，表面上夜總會沒有營業，也就沒人會想到這裏面還藏著什麼不法的行當，甚至根本就沒人會注意這裏的。

他拍了拍孟森的肩膀，說：「小孟啊，真夠聰明啊。」

孟森就把車開進後院，兩人從後面進了夜總會。

孟森帶著孟副省長進了電梯，說：「停業這段時間，我這裏只做熟客的生意，熟客跟我們預約，我才讓他們進來。今天您說要來，我就讓下面的小弟把預約都推掉了，今晚這裏只服侍您一個人，怎麼樣，夠安全了吧？」

孟副省長笑笑說：「小孟啊，你的安排總是讓我很放心。」

兩人坐電梯到了一個十分隱蔽的包廂裏，坐下來後，孟森先拿了四個酒杯出來，又拿出一包白色的粉末，在兩個杯子裏倒了些進去，然後把四個杯子倒上酒，他和孟副省長各拿了一杯沒有加料的酒，孟森這才讓下面的小弟把準備好的小姐帶進來。

孟森先介紹孟副省長，說：「這位是我外地來的貴客，今晚你們倆的任務就是服侍好他，知道嗎？」

兩個小姐一胖一瘦，嬌聲說道：「知道了，老闆，我們一定會服侍好您的朋友的。」

孟森就拿起酒杯，說：「那好，我們就先乾一杯，你們倆一起。」

小姐敬畏老闆的威嚴，都老實的拿起面前的酒杯，跟孟森和孟副省長碰了一下，把杯中酒喝掉了。

孟森看兩個小姐已經把K粉給喝下去了，自己也該離開了，就對孟副省長說：「您在這兒慢慢玩，我還有點事要去處理一下，過一會兒我再來陪您。」

孟副省長知道孟森這是刻意避開好讓他痛快的玩，就笑笑說：「行啊，你去忙吧。」

孟副省長看孟森離開了，馬上就把兩個小姐摟進懷裏，左親親右摸摸，色鬼的本相顯露無遺。

這兩個小姐還真是沒經歷過男人的樣子，十分地嬌羞，一邊用手推開孟副省長的嘴和手，一邊說：「老闆，您別這個樣子，我們慢慢來嘛。」

小姐的嬌羞和推卻更讓孟副省長感受到一絲快感，越發的上下其手。

小姐們也明白她們今晚是要陪這個男人做什麼的，推卻和嬌羞不過是一種前戲，很快她們就在這似假還真的推卻中，被孟副省長把身上的衣物給扯掉了，只留下關鍵部位的一點遮羞物。

這時，藥性開始發揮作用了，小姐們不等孟副省長來扒她們身上殘存的幾片衣物，反而自己把衣物扯掉，豐滿的上圍毫無遮蔽地展現在孟副省長面前，他頓時血脈賁張，一把把小姐拉了過來，狂歡起來。

K粉的作用越來越強烈，兩個小姐都緊貼著孟副省長，嬌軀像蛇一樣的扭動著，嘴裏還發出哼哼唧唧呻吟的聲音。

孟副省長被刺激的血液已經頂到腦門去了，他幾下去掉了自己身上的衣物，像餓狼一樣，把一個小姐直接壓在身下，開始瘋狂的運動起來。另一名小姐也沒閒著，趴在孟副省長身後助著興。

孟副省長這次徹底的感受到兩個女人的癲狂和激情，在藥物的刺激下，兩個女人都不知疲倦的扭動著，賣力地迎合著孟副省長的每一個行動，讓孟副省長品嘗到從來沒有感受過的快樂。

女人的癲狂帶動了孟副省長，他忘記了身外一切的煩心事，也幾近達到癲狂的狀態。這次的快樂比以往都持久，當孟副省長到達巔峰時，感覺渾身發熱，整個人都飄了起來，然後身子一軟，就癱在女人香膩的身體上了。

「醒醒，醒醒！」

有人在耳邊叫著，孟副省長渾身疲憊，對這時候來打攪他的人十分的不滿，便用手拉了一下，叫道：「滾一邊去，別來煩我。」

那人並沒有離開，反而說：「醒醒吧，您該回齊州了，要睡在車上睡吧。」

孟副省長這才意識到不是在齊州的家中，而是在孟森這兒，急忙睜開眼睛，看看身邊一左一右兩個光著身子正在熟睡的女子，正是孟森安排陪侍他的女子，而孟森正站在床邊看著他呢，趕忙問道：「幾點了？」

孟森說：「快凌晨四點了，我們趕緊走吧，應該來得及讓您回省城上班。」

孟副省長不敢耽擱，趕忙穿好衣服，跟著孟森就往外走。

外面的夜色還很黑，兩人上了車，孟森發動了車就往齊州趕。

凌晨的道路上冷冷清清，沒有人也沒有車。孟副省長本來想在後座上睡個回籠覺，但是經過這一番折騰，他的神經已經興奮起來，索性不睡了，身子斜倚在後座上，看著車窗外飛速往身後閃去的景物，幽幽的說道：

「小孟啊，你說男人成天忙忙碌碌，勾心鬥角的是爲了什麼啊？」

孟森笑說：「發達吧，男人都渴望有更大的權力，有更多的財富，讓別人羨慕他們。」

孟副省長笑了笑說：「你看到的這是外表，不是本質。」

孟森說：「那我就不知道了，反正我是這麼認爲的。那省長您說是爲了什麼？」

孟副省長笑笑說：「其實男人爲的就是上下兩張嘴，只要能讓男人這兩張嘴吃飽吃好，這就是男人的動物本性。」

孟森笑了，說：「還是孟副省長您看得透澈，誒，昨晚您可吃飽了？」

孟副省長淫邪的說：「小孟，昨晚這個玩法真是太刺激了，那兩個女人就跟小妖精一樣黏在身上，別提多帶勁了。這次太匆忙，玩得不夠盡興，下次找個時間再好好來玩一下。」

孟森說：「行啊，下次我專門給您安排一下。」

車子風馳電掣，終於趕在八點鐘之前到了齊州。

孟副省長回家洗了澡，換了衣服，容光煥發的出現在來接他上班的司機和秘書面前，似乎昨晚他根本就沒出去風流過一樣。

請續看《官商鬥法》Ⅱ 7 權力迷幻藥

官商鬥法Ⅱ 六 空手套白狼

作者：姜遠方
發行人：陳曉林
出版所：風雲時代出版股份有限公司
地址：105台北市民生東路五段178號7樓之3
風雲書網：http://www.eastbooks.com.tw
官方部落格：http://eastbooks.pixnet.net/blog
Facebook：http://www.facebook.com/h7560949
信箱：h7560949@ms15.hinet.net
郵撥帳號：12043291
服務專線：(02)27560949
傳真專線：(02)27653799
執行主編：朱墨菲
美術編輯：風雲時代編輯小組

法律顧問：永然法律事務所 李永然律師
北辰著作權事務所 蕭雄淋律師

版權授權：蔡雷平
初版日期：2016年5月
初版二刷：2016年5月20日
ISBN：978-986-352-295-9

總經銷：成信文化事業股份有限公司
地　址：新北市新店區中正路四維巷二弄2號4樓
電　話：(02)2219-2080

行政院新聞局局版台業字第3595號 營利事業統一編號22759935

定價：280元　特惠價：199元

國家圖書館出版品預行編目資料

官商鬥法Ⅱ / 姜遠方 著. -- 初版. -- 臺北市：
風雲時代，2016.01 -- 冊；公分

ISBN 978-986-352-295-9（第6冊；平裝）

857.7　　104027995

否極泰來◆品鑑乾坤◆相由心生◆命運大師

極品相師

奇門遁甲、紫微斗數，哪一個最準？
地理風水、陰陽五行，哪一個厲害？
你相信痣的左右位置竟決定人的運勢發展？
你知道祖墳風水好壞竟影響後代子孫榮衰？

一箭穿心，二龍戲珠，三陰之地，四靈山訣，五鬼運財，六陰絕脈，七星鎮宅，八卦連環，九宮飛星……講述一代風水大師的傳奇經歷，揭開神秘莫測的相術世界。

1 神算大師
2 風水葫蘆

鯤鵬聽濤 著

麻衣神算、鐵口直斷，江湖中，即將掀起一場風水大戰……